離婚予定のエリート警視正から、二年ぶりの熱情を注がれて陥落しそうです

〜愛するきみを手放せるわけがない〜

m a r m a l a d e b u n k o

砂川雨路

JN053882

マーマレード文庫

目次

離婚予定のエリート警視正から、二年ぶりの熱情を注がれて陥落しそうです
～愛するきみを手放せるわけがない～

離婚予定のエリート警視正から、二年ぶりの熱情を注がれて陥落しそうです
～愛するきみを手放せるわけがない～

プロローグ

「無理はしていないか？」

彼はよく響く美しい声で尋ねた。私は躊躇《ちゅうちょ》することなく頷《うなず》く。

「していません」

声が震えないように気を付けた。少しでも嫌だという素振りを見せれば、彼はやめてしまうだろうから。

私はちゃんと望んでいる。この人……蒼梧《そうご》さんと夫婦として結ばれることを。

「愛生《あい》」

彼が私の名を呼んだ。しっとりと重たく、密度のある呼び方だと思った。彼の声は低く、ささやかれると胸がドキドキする。

私の頬《ほお》を包む大きな手のひらは厚みがあって温かい。彼からしたら私なんてまだまだ子どもにしか見えないだろうし、ちっぽけな存在だと思う。

だけど、今夜はちゃんと女性として扱ってほしい。あなたの妻として、遠慮せずに抱いてほしい。

「蒼梧さん、私は大丈夫……」

その言葉をふさいだのは彼の唇だった。重なり、深く交じり合う。吐息まで呑《の》み込《こ》んで交わされる深いキスは初めての経験。

あなたのものになりたい。あなたともっと絆《きずな》を深めたい。

彼の大きな身体に腕を回した。

1

雨のそぼ降る日だった。帝東《ていとう》ホテル内の料亭、個室から見える庭は雨に濡《ぬ》れていた。雲は厚いもののここに来る道中、雨の暖かさに春の訪れを覚えた。三月、桜にはまだ少し早い時期だ。

「愛生」

母が私を呼んだ。私が窓の向こうばかりを見ていたからだろう。

「お見えよ」

お相手が到着したようだ。私の着物の着付けがあったから早く到着していただけで、あちらは遅刻したわけではない。約束の時刻より少し早いくらい。

ふすまが開き、入ってきたのは背の高い男性。筋肉質な体型だけれど、大柄には見えずすらりとしていた。顔は身上書で見ていた。実物は写真以上に整っている。黒い短髪も精悍《せいかん》でさわやかだ。

部屋に入った彼はまず私を見た。目が合った途端、恥ずかしくてそらしてしまった。失礼な態度だったとすぐに失敗を悟ったけれど、彼をまっすぐに見つめる度胸は残念ながら私にはない。

続いて彼のご両親が入ってきた。私の両親と同世代だとは聞いていた。彼は私の向かいに座る。

「巴蒼悟《ともえ》です」

彼が口を開いた。

「今日はお時間を頂戴し、ありがとうございます」

低くて涼やかな声だ。彼の端整な容姿にぴったり。たとえて言うなら、洋画の吹き替えで聞いたことがあるようなよくとおる低い声。容姿だけでなく声も素敵だなんて驚く。

見惚《みと》れている場合ではない。私は慌てて頭を下げた。

「隈井《くまい》愛生です。よろしくお願いします」

彼は私の年齢も知っている。実際に会って、どう思っているだろう。きっと写真以上に子どもっぽいと思っているに違いない。

蒼悟さんは六月で三十四歳になると聞く。私は再来週に大学を卒業。先月に二十二歳になったばかり。学年で十一学年、私が早生まれだからほぼひと回り年が違う。

きっと彼は両親の勧めで仕方なく今日この場にやってきたのだろう。お断りされる未来は見えているのに、私はちらりちらりと彼を盗み見てしまう。

蒼梧さんがとても素敵だったから。


私は両親が四十代になってから生まれたひとり娘だ。両親はともに法務省勤務の官僚。長く同僚だった両親は結婚も三十代後半、出産の時期についてもキャリアを優先させた結果だと言っていた。私を出産後も、母は法務省に勤務を続けた。仕事が生きがいの両親は、私の誇りだ。

一方で両親は、ひとり娘の私を猫可愛《ねこかわい》がりして育てた。自分たちがキャリア志向の割に、私にはそれを求めなかった。私は幼稚舎からある女子校で育ち、大学も自由に選べた。保育士になりたいという夢のため、保育科のある学校を選んだのはそのためだ。

しかし、私は二十歳を過ぎた頃から両親に言われるようになった。

『無理して社会に出ることはないんじゃないの?』『誰かいい人を見つけてあげるから、家庭におさまるのも手だぞ』

定年退職をしたふたりは、今までの忙しい日々を取り戻すかのごとく旅行や美食を楽しんでいた。そのせいか、私があくせく働くことをあまり望まなかった。むしろ、家庭に入り早く孫の顔を見せてほしいという希望が見えた。

強く勧めるわけではない。両親はいつだって理解があったし、私を尊重してくれた。しかし、老境にさしかかったふたりが私の将来を自分のこと以上に心配しているのも察することができた。

大学四年になると『お見合いしてみる？』と何度か聞かれるようになった。いよいよだ。

保育士になりたい気持ちは嘘《うそ》ではない。だけど、私の願い以上に両親の願いは大事だった。慈しんで育ててくれた両親を安心させたい。

私は覚悟を決めた。保育士資格は取るが、就職はしない。両親が望むように結婚をしよう。

女性の世界で育ち、大学も女子大。男性と縁がない生活をしていた私に恋愛経験はない。

条件は両親が認める人。私のような世間知らずでもいいという男性がいれば、結婚しよう。

お見合いを了承すると、両親はすぐにお相手を探し始めた。省庁官僚か、銀行マンか。会社経営者ということもあり得る。あれこれ想像していたところ、両親の同期にあたる夫婦のご子息が見つかった。

なんでも警察庁にお勤めで、階級は警視。ご本人は結婚に意欲的ではなく、ご両親がどうにかお嫁さんを見つけたいと願っている様子だった。

『少し年上だけれど、きっと同年代のお相手より収入の面では苦労しないわよ』

年齢は十一歳上だった。男性の見た目にこだわる方ではないし、若い方がいいとは言わない。

むしろ年上の男性は安心感があった。女性の世界で育ったため同世代の男性と話も価値観も合う自信がない。それなら、一般的に包容力があると言われる年上男性の方がいい気がする。生理的に苦手なタイプでない限りは、私はお付き合いの準備がある。

ところが、いただいた身上書の写真を見て驚いてしまった。ものすごい美形の男性が写っていたからだ。

いいや、きっと写真だからよく見えるに違いない。最近の写真加工技術はすごいらしいし。

しかし、本当にこれほどの容姿の男性がお相手なら、私のような大学生を相手にするとは思えない。というより、どうして三十三歳まで結婚のご縁がなかったのだろう。

本人が意欲的ではなかったと聞いたけれど、周りの女性が放っておかないんじゃないだろうか。

『蒼梧さんは忙しい上に転勤が多くて、ご縁に恵まれなかったそうよ』

母はそう説明した。私と違ってメンクイの母は、写真を見てすっかり蒼梧さんが気に入ったようだ。娘婿にぴったりだと考え、なんとかこのお見合いをまとめようと続けて言う。

『蒼梧さんのご両親は私たちと同期で、ご主人は私たちと同じ法務省勤め、奥様は財務省にお勤めだったのよ。ふたりとも優秀な人たちだけど、蒼梧さんは優秀なだけでなく、若い頃から運動も得意で文武両道らしいわよ。浮ついていない堅実な性格だそうで、そういうところはお母様似ね』

立て板に水の勢いでプレゼンされる。母はよほど気に入ったのだ。

もちろん、私の中でも蒼梧さんの存在はぐんぐん大きくなっていった。容姿にこだわりはなかったつもりだけれど、これほど整った人と毎日顔を合わせるのは嬉《うれ》しいだろうなと単純に考えた。

警察官僚という立場も、両親の安心材料だ。警察庁は全国の警察組織を統べる組織。転勤が多いのは領けるし、あちこちの土地での暮らしを経験できるのは面白そうだ。

打算的かもしれないが、恋愛をさしはさまない結婚ならメリット・デメリットは秤にかけるべき。

お互いが人生をかけるに値する存在か、見極めた方がいい。

（性格が合わなければ、ご縁がなかったと言おう）

見た目で判断しない方がいい。もしかしたらすごく厳しい人かもしれない。過度に潔癖かもしれない。モラハラ気質だったり、浮気癖があったり……。

お見合いの日まで、私はなるべく期待しすぎないようにした。

逆を言えば、それだけ蒼梧さんに惹《ひ》かれるものがあったのだろう。

そうしてお見合い当日、目の前に現れた男性を私は審査しなければならない。生涯の伴侶に相応《ふさわ》しい信頼できる男性かどうか。

しかし、その顔をまっすぐ見られないのに、審査できるのかは甚だ疑問でもあった。

緊張で食事はあまり喉を通らなかった。仲人さんがいないお見合いなので、両親同士がよく喋《しゃべ》り、私も蒼梧さんも相槌《あいづち》を打つ程度。お互いへの質問は親からなされた。

しかし、いつまでもこのままではお見合いにならない。両親同士はお互いのことがわかっているし、条件も申し分ないと思って私たちをお見合いさせているのだろうけれど、肝心の私と蒼梧さんにコミュニケーションの機会がないのだ。

普通なら途中で「若い人たちで」と散歩にいかされるのがお見合いあるあるなのだろう。しかし、今日はあいにくの雨。結局、料亭を出てホテルのラウンジでお茶をすることになった。

雨のせいかラウンジは人が多い。セレブ風の外国人観光客の姿もある。

向かい合って、私はようやくお見合い相手とふたりきりの現状を実感した。

こうして見ると、やはりものすごく整った顔立ちの男性だ。縁がなかったと母は言っていたけれど、絶対にモテるに違いない。

何か話さなければと思って、どんな会話をしたらいいのかわからないと気づいた。

「蒼梧さんは……」

「今日はお休みですか」

お休みでなければお見合いなんて来ないよね。そう思いながら、ちっとも気の利いた話題がないことに焦る。

蒼梧さんはコーヒーカップを静かに置いた。その手の大きさにどきりとする。手の甲の骨ばった感じがすごく男性的だ。

「はい。土日がお休みですので」

「そうなんですね」

「愛生さんはまだ大学生と伺っています」

「はい。再来週が卒業式です」

「就職されるのですか」

「いえ、両親が結婚を望んでいるので……。あ、しばらくは児童養護施設のアルバイトを続けようと思っています」

たどたどしくはあるけれど、一応会話になっている。蒼梧さんが逆に質問をしてくれているからだ。

「ご両親が結婚を望んでいるんですね。……うちもです」

彼は低く言い、それはあくまで事情を話しただけのように響いた。今日このお見合いに意欲的ではないのが察せられる。

それでも私のような男性慣れしていない女子に、気を遣って話してくれているのだから感謝しなければならない。

「蒼梧さんはお見合いは初めてですか。私は初めてです」

今日で終わりのご縁かもしれないなら、恥ずかしがっていたらもったいない。男性と話す経験のひとつにしよう。私は明るく話しかける。

「ええ、初めてです。最近まで両親は結婚について何も言いませんでしたから」

蒼梧さんは少し考えるように黙り、それから続けた。

「……今の仕事を選んだのは両親の勧めだったのですが、両親は私に『夢を諦めさせた』という負目があったようです。この年まで結婚を急《せ》かさなかったのはそういう理由でしょう」

「夢を……」

「実は警視庁の白バイ隊員になりたかったんです。試験を受けて官僚になってほしいと言われ、せめてもと選んだのが警察庁。警察庁から警視庁に出向ももちろんありますが、白バイには乗れませんからね」

そう言って、蒼梧さんは初めてうっすらと微笑《ほほえ》んだ。端整な顔が笑顔に変わる瞬間はちょっと劇的だった。思わず、心の中で「格好《かっこう》いい」とつぶやいてしまったくらい。白バイ隊員姿も似合うだろうなぁと想像してしまった。

「ご両親のために進路を変えたんですね」

「俺が勝手に親孝行したくなっただけですよ。そんな両親も孫の顔が見たくなったようです。孫は授かり物でも、ひとり息子にパートナーがいれば安心と考えたのでしょう。年末くらいからお見合いの話が出るようになりましてね」

「あ、うちも……ご存じと思いますが蒼梧さんのご両親と同期だそうで……遅くにできた娘だからか早く身を固めてほしいようです。……本当は保育士になりたかったんですけど」

つられて自分の話もしてしまった。夢を諦めたというほどではないけれど、少しだけ共感できる部分がある気がしたのだ。

「愛生さんは大学で保育士資格を取られたんでしたね」

「無駄《むだ》になったとは思っていません。興味のある分野を学べたし、いつか役に立つかもしれないですし」

「ええ、きっとそうですよ。保育園はいつの時代も必要とされる場所ですから、愛生さんが働きたいと感じたときに働ける場所はきっとあります」

蒼梧さんの穏やかな言葉に、ものすごく安心した。不思議だ。出会ったばかりなのに、この人といると安心できる。

単純だから、いい人だと思い込んでいるのだろうか。

「蒼梧さんは今のお仕事でよかったと思われますか?」

それは未来の自分に対する質問のようだった。

「毎日やることだらけですし、転勤も多いですが、楽しいですよ。俺には合っていたと思います」

「よかった」

思わず声をあげ、彼がわずかに目を見開いた。私は慌ててぼそぼそと言葉を付け足す。

「蒼梧さんの進んだ道は次の夢に繋《つな》がっていたんですね」

蒼梧さんは口元を緩め、低く言った。

「そうですね。路地だと思っていた道が、案外明るい街道だったような心地です。人生にはこういうことが往々にしてあるんでしょうね」

「素敵な表現ですね」

本当に素敵な言葉だと思った。彼にとって、今日この日は路地への寄り道だっただろうか。


そこからは当たり障りのない世間話をしてお茶は終わった。お見合い会場の料亭に戻り、挨拶をして別れる。

「どうだった？　蒼梧さん、すごく素敵な男性だったわね」

帰路のタクシーの中で母が興奮気味に言い、父は複雑な顔をしている。

「いい男すぎないか？　あれほどの美形で、あの年で独身。何かあるんじゃないか？」

「やだ、お父さん。きちんとした人だったじゃない。巴さんのご主人とは在職中は同じ省にいたんだし、安心よ」

「愛生はどうなんだ」

父に話をふられ、私は焦った。私はすごく素敵な人だったと思ってるし、ご縁があるならと思ってるけど……。

「いい人だったと思うよ。でも、年が離れてるし、蒼梧さんからしたら私は子どもにしか見えないんじゃないかな」

私があんまり乗り気すぎると、断られたときに両親ががっかりしそうだと思ったのだ。予防線を張るのは両親のため。……少しだけ私自身のためでもある。お断りの電話にしょんぼりする未来が見えそうだもの。

しかし、予想外のことが起こった。

帰宅してすぐにあちらのお母様から電話があり、正式に交際を申し込まれたのである。

電話口で私に目で訴える母は、今すぐ返事をしなさいと言っているようだった。こういうものはあらためてお電話し直すべきではと思いつつ、私は頷き「お受けします」と答えたのだった。

大学の卒業式を明後日《あさって》に控えた三月の後半、私は蒼梧さんと再会した。交際の返事をしてから初めて会うことになる。さらに今日は最初から最後までふたりきりだ。

「おはようございます。おまたせしました！」

朝から張り切って仕度をし、待ち合わせの十五分前に到着した私だけれど、蒼梧さんはすでに到着していた。

待ち合わせた東京駅《とうきょうえき》の中のカフェは混み合っている。

「よければ店を変えましょう」

「蒼梧さんはコーヒーを連続で飲むことになってしまいますよ。お腹《なか》がチャポチャポになってしまいます」

「お腹がチャポチャポ……」

私の語彙が面白かったようで、蒼梧さんは笑いを堪えるようにうつむく。また、笑ってもらえた！と思いつつなんだか恥ずかしいので付け足す。

「お、お散歩しませんか？　よかったら」

ふたりで東京駅を出て皇居外苑《こうきょがいえん》を歩くことにした。お昼は銀座《ぎんざ》方面に移動し、予約してあるランチを食べるのだ。とてもデートらしい。

「交際、お受けしていただきありがとうございます」

歩きながら蒼梧さんが言った。彼は背が高いので、私は横を一生懸命見上げた。

「こちらこそです！　……あの、私てっきりお断りされると思っていました。私、子どもっぽいですし……」

「愛生さんは子どもっぽくはないですよ。素敵で可愛らしい女性です」

言葉は誠実な響きがした。少し無骨な雰囲気の蒼梧さんだから余計にそう感じるのだろうか。

「むしろ、愛生さんからしたら俺はおじさんでしょう。嫌ではないかと思っていました」

「おじさんなんかじゃないです!!」

思わず、全力でそう言っていた。あまりに力が入りすぎて恥ずかしい。

「今まで出会ったどんな男性より素敵です」

答えてから慌てて訂正を入れる。

「あ、でも女子校育ちなので、男性の知り合いは教師くらいしかいませんでした。比べる対象じゃないですね！」

必死な私が面白いようで、蒼梧さんは頬を緩めうっすら笑顔だ。こんなときも年上の余裕を感じる。

「いえ、愛生さんの出会った中で、一番というのは誇らしいですよ」

「ごめんなさい。私、変なことばかり言ってしまって」

「愛生さん」

蒼梧さんが私に呼びかけた。大人の余裕漂う瞳がこちらをまっすぐに見つめている。

「交際して初めてのデートで言うことではないと思うのですが、結婚しませんか」

「え、えええ？」

思わず大声をあげてしまった。

予想外だ。交際に発展しただけですごいと思っていたのに、いきなりプロポーズされるなんて。

「驚かせましたね」

「いえ！　いえ、大丈夫です」

大声を恥じつつ、まだパニックの私は上手に答えられない。何度もこくこく頷くのは嫌ではないという意味なのだけれど、おそらく伝わっていないだろうし、頬はどんどん熱く火照っていく。

蒼梧さんは私とは正反対で、落ち着いた様子だった。

「お互い、両親のために結婚を急いでいる事情がある。親同士も顔見知りで安心でしょうし、ちょうどいいご縁ではないかと思っています」

ちょうどいい。

その言葉に少しだけ冷静になり、そしてもっとほんの少しだけ落胆した。

そうだ。彼は結婚願望があるわけではない。あくまでご両親のために結婚を選択しようとしているだけ。

「もちろん、若い愛生さんには重い決断でしょう。最初のお見合い相手で決めてしまうのは嫌だというなら私は身を引きます」

つまりは、交際するなら結婚前提がいいということだ。彼はおそらく合う合わないという感覚で妻になる女性を選んでいない。問題ない相手なら結婚したいと考えている。

結婚に発展しない女性と交際するのは時間の浪費。交際すると決めたならこれで結婚まで決めてしまいたい。

人生において恋愛が優先順位の上位でなければ、こうした考え方はあり得ると思う。相手に求めすぎていないし、とても合理的だ。

私だって、そこまで恋愛に興味があるわけではないからお見合いに応じたわけで……。

（ちょっと寂しい気分になってしまうのは、仕方ないかな）

するとと、蒼悟さんが「あ」と口をわずかに開け、それから黙った。表情はどこか困ったようにも見える。

「少し事務的すぎましたね」

「はあ、あの」

「女性に対してちょうどいいから結婚しようというのは、プロポーズとしては適していなかったなと……。愛生さんに失礼な態度でした」

生真面目にそこから先の弁解を考えている様子の蒼悟さん。明け透けに言ってくれた分誠意はある。

どうやら、彼はコミュニケーション分野ではあまり器用な方ではないようだ。私を気遣いたいけれど方法がわからないのだ。

思わずくすっと笑うと、蒼悟さんが私の顔を覗《のぞ》き込《こ》んでくる。

「嫌な気分にさせましたか」

「いえ。少し驚きましたが、嫌ではありません」

私は微笑み、彼に答えた。

「蒼悟さん、私たち結婚しましょうか。私もちょうどいいご縁だと思います」

彼の言葉を真似《まね》て言ったのは嫌味ではない。気にしていないという意思表示だ。メリット優先の結婚でいいじゃない。

それに、私はすでに蒼梧さんに惹かれる何かを感じているのだから。

「世間知らずな若輩者ですが、私をあなたの奥さんにしてくださいますか？」

「愛生さん、ありがとう。ぜひ、私の妻になってほしい。……この通り気の利かない男だけれど、きみに不自由な思いはさせないようにします」

恋は生まれていない。親愛もまだまだ。

だけど、私と彼が出会ったのが運命なら、それらの温かな感情はこれからついてくるのだ。彼と時間をかけ、家族になっていけばいい。

「愛生さん」

「愛生と呼んでください」

「愛生、手を……繋ごうか」

差し出された大きくごつごつした手に、自分の手を重ねた。散歩する人は多くいるけれど、私たちほど晴れやかな顔をしている人はいないのではないだろうか。

蒼梧さんにプロポーズされた。

私はこの人の奥さんになるのだ。

それからはあっという間の日々だった。

結婚を決めた私たちは、結婚式と同居に向けてすぐに動き出した。毎週末に会い、式場を探し新居を探した。結婚式は家族だけで行おうと決めたところで、蒼梧さんのご両親から提案があった。

蒼梧さんのご実家にふたりで住まないかというものだ。義両親はお義母《かあ》さんのご実家のある熊本《くまもと》に移住する夢があるそうだ。

私が了承したので、新居探しは蒼梧さんの実家への引っ越し準備に切り変わった。

結婚式は六月の日曜日に、都内のチャペルで。

朝から雨がしとしとそぼ降る日で気温が低い。私と蒼梧さん、お互いの両親だけが出席する家族の会だ。

女性の多くが憧れるウエディングドレスにこれほど早く袖を通す日がくるとは。着せてもらった真っ白なドレスに心が湧きたつ。

「愛生、よく似合っている」

そう言う蒼梧さんは黒のタキシード姿だ。背が高くスタイルがいいので、なんでも似合うと思っていたけれど、とても格好いい。

「蒼梧さん、素敵です。すらっとしているから、黒が似合いますね」

精一杯の言葉はどこまで彼の心に響いているだろう。

私のウエディングドレスは褒めてくれたけれど、女性としては見てくれているのだろうか。

チャペルでの挙式は並んで入場した。参列者が両親だけなので、ふたりでヴァージンロードを歩くことにしたのだ。

滞りなく進む式の中、誓いのキスはことさら緊張した。キス自体経験がないのだ。私が身を固くしているのがわかったのか、蒼梧さんの唇が触れたのは一瞬だった。目をぎゅっと閉じていたから、彼がどんな表情をしていたかわからないけれど、がちがちになっている私を気遣ってくれたのだろう。

気遣わせるつもりなんかなかったのに、反省だ。

披露宴代わりに家族だけの食事会を行い、私は薄いピンクのドレス、彼は警察官の礼服を着た。これは双方の両親をとても喜ばせた。プロのカメラマンも頼んでいたので、写真で家族分のアルバムを作る予定だ。

私と蒼梧さんの結婚式はささやかだけれど、思い出に残る素敵な式になったと思う。

出会った三月から挙式までわずか三ヶ月。結婚に恋愛をさしはさまないなら、このくらいのスピード感も妥当ではないだろうか。

ハネムーンは蒼梧さんの仕事の都合で別の機会に。式が終わった翌日には、義両親が荷物とともに熊本へ旅立っていった。しばらくはマンション住まいをし、いずれは親族の敷地内に新居を建て、そこでともに農業をやりたいと聞いている。

私が蒼梧さんの家に引っ越してきたのは式から三日目だ。

蒼梧さんの実家は、高輪《たかなわ》にある戸建てである。引っ越し業者に荷物をお願いし、ひとりで先にやってきたこれからの住まい。ドアチャイムを鳴らすとすぐに蒼梧さんが出てきてくれた。

「愛生、いらっしゃい。いや、おかえりになるのか」

「おじゃまします、じゃなくてただいまになるんですね」

式以来の蒼梧さんだ。今日からここで蒼梧さんとふたり暮らし。

家は数年前にフルリフォームしたそうで、外装も内装も新築同然に見える。この家を息子夫妻にあっさり渡して地方移住ができてしまうなんて、巴家はもともと資産家のおうちなのかもしれない。我が家とは、生活レベルが違う気がしてきた。

居間に入ると、家具こそそのままだったけれど、インテリアはほとんど片付けられている。

「この家はきみの好きなように調度を選んでくれ。家具も必要なら買い替える。家の名義は俺になっているし、両親も自分たちの荷物は引き上げてしまっているからね」

お義母さんにも同じようなことを言われているけれど、いずれはまた同居という可能性もあるだろうし、綺麗《きれい》に使わなければと心に誓う。

「荷物は十四時に到着だろう。先に婚姻届を出してこようか」

蒼梧さんが私を見下ろして言う。今日の彼は今まで会った中で一番ラフな格好だ。半袖のシャツにジーンズ姿。家にいるのだし当たり前なのだけれど、こうした瞬間にじわじわと感じる。この人と家族になるのだ。

「はい、行きましょう」

「区役所に行って、昼食と散歩もしよう」

「夕食の買い物もしたいです」

並んで家を出る。知らない街を歩きながら、ここが私の地元になるのだとわくわくした。隣には蒼梧さん。嬉しくて胸がいっぱいになる。

「愛生の実家は賑やかなところだから、このあたりは少し静かすぎるか。地味というかね」

とはいえ、少し歩けば品川《しながわ》駅だ。栄えた地域から少し奥まった閑静な住宅街は落ち着いた雰囲気がいい。

「両親が利便性で日暮里《にっぽり》にマンションを買っただけですよ。お寺があって綺麗な住宅地で、こういうところに住めるなんて嬉しいです」

都心ど真ん中、高輪の住宅地なのだから充分ハイソサエティだ。子育て環境としても……。

そこまで考えて気が早すぎると首を振ってしまった。

「もともと曽祖父母の家が実家の場所にあって、それを両親が相続したんだ。大学時代と就職して数年はひとり暮らしをしていた。三十手前であの家に戻ってきたときは、ささやかだけれど地元に帰ってきたという感覚があったよ」

「蒼梧さんが通った小学校もこのあたりにあるんですか？」

「ああ、幼稚園も小学校も近所だ。散歩がてら見に行こうか」

蒼梧さんはどちらかというと寡黙で、表情も豊かな方ではない。だけど、妻になる私のために、あれこれ気を遣ってくれているのがわかる。

いずれはこうした気遣いがなくとも居心地よく一緒にいられるようになったら嬉しい。

区役所で婚姻届を提出し、これで名実ともに私は蒼梧さんの妻。隈井愛生から巴愛生になった。苗字《みょうじ》が変わったことで生じる手続きは、今日できることはそのまま区役所で済ませた。取ったばかりの運転免許証は明日以降名義変更に行こう。

その後は約束通り蒼梧さんの地元を歩き回った。少し遠回りしてスーパーにも寄った。家からは距離があるので、たくさん買い物があるときは自転車があった方がいいかもしれない。そんなことを考えながら歩く私は、この街で暮らす自分をリアルに想像していた。

カフェでランチをし、帰宅して荷物を受け取る。荷解《にほど》きは今日明日着る服だけ。あとはゆっくりやろう。

夕食は私が作った。メニューは肉じゃがだ。昔は彼氏に食べさせる料理といえば肉じゃがだったらしいけれど、単純に得意料理なのだ。家事は手伝ってきたし、自分や家族の好みの食事は作れるが、それが蒼梧さんにウケるかはわからない。

冷蔵庫にはお義母さんが作っておいてくれた煮物とローストビーフがあるので、それもありがたくいただいた。

「美味《おい》しい」

ひと口食べて、蒼梧さんはそう言った。控えめな笑顔で私を見る。

「じゃがいもによく味が染みているよ」

「そうですか！　じゃがいもが煮崩れなかったのは成功だと思ったんです」

「味付けもごはんが進むし、見た目も上品だね。愛生は料理がうまいんだな」

蒼梧さんの言葉はお世辞でも嬉しい。私は頬を熱くさせながら、にまにま笑ってしまうのを止められない。

「ひとり暮らし経験があるけれど、俺には料理のセンスがなかったみたいで、自分の作るメシはあまり美味しくはできなかったよ」

「そうなんですか。意外です。なんでも器用にこなしそう」

「これからは料理も努力するけれど、当分は片付け係に任命してくれると助かる」

可愛い。完璧な男性に見える彼が、苦手なことを教えてくれる。こうしていろんなことをすり合わせていくんだろうな。

食後の片付けは言葉の通り蒼梧さんがやってくれた。

ふたりでお皿を拭いて、顔を見合わせて少し笑う。じわじわと湧き上がる幸せ。それと同時に緊張感も増してきた。

今夜は初夜だ。

夫婦として、関係を持つ。

先にと促されてお風呂に入りながら、一生懸命考えた。蒼梧さんは紳士的だ。結婚式の誓いのキスすら、遠慮がちにそっとだった。私が何もかもすべて初めてだということは察しているだろう。『今夜はやめておこう』と言われたらどうしよう。そもそも、彼は私にその気になるだろうか。子どもっぽい私では、彼には物足りないかも……。

駄目だ。のぼせそうになり、慌ててお風呂から出た。髪の毛を乾かし、パジャマ姿で居間に戻る。

「お先にお風呂いただきました」

「ああ。……愛生、寝室に案内するよ」

蒼梧さんは何気なく言っているようだったけれど、寝室という言葉にびくりとしてしまう。意識しすぎだ。

一階奥の和室には布団がふた組敷いてあった。

「昼間案内した二階の俺の私室は少し狭いだろう。きみの荷物を入れた洋室も。大きなベッドを入れるには手狭だし、朝の仕度できみを起こしたくない。この和室を夫婦の寝室にしようと思うんだが」

「は、はい。ありがとうございます」

答えながら蒼梧さんを見る。一緒に眠る話をしながら、蒼梧さんは何を思っているのだろう。あなたの気持ちが知りたい。私をどう思っていますか？

「愛生、きみが嫌なら無理強いはしたくない」

蒼悟さんが私を見下ろして言う。それが肉体的接触を意味していると知り、心臓がどくどくと忙しく動き出した。

「だけど、きみが応じてくれるなら、今夜夫婦になりたいと思っている」

抱きたいと、彼は思ってくれているのだ。女性として見てくれているのだ。

「わ、私は……！　その、っそのつもり……でした」

つっかかりすぎた言葉は、それでも彼に伝わったらしい。蒼悟さんの大きな手が私の頬を包んだ。腰をかがめるようにして、彼は私にキスをした。唇同士が柔らかく重なり、その感触と温度にぞくりとした。これがキス。誓いのキスよりはっきりした接触に、身がこわばる。

唇を離すと蒼悟さんは目をそらした。照れているのかもしれない。

「シャワーを浴びてくる」

そう言って出ていく彼を見送り、私は和室で立ち尽くした。ほわほわとした幸福感を覚える一方で、やはり今夜なのだという緊張感が湧いてきた。私は蒼悟さんに抱かれるのだ。

二十一時過ぎ。まだ眠るには早い時間だったけれど、私と蒼梧さんは和室にいた。

彼がお風呂を上がるまで、私が和室で待っていたからなのだけれど。

蒼梧さんはお茶を盆にのせ、寝室にやってきた。

「そんなに固まらないでほしい」

「わ、ごめんなさい！」

緊張のあまり、布団の上に正座していたせいだ。

蒼梧さんからもらったお茶をひと口飲み、盆に戻す。ふうと息をついた。

「あの、私、こういった経験がなくて。上手にできないかも……しれませんが」

「上手にする必要なんかないよ。でも、本当にいいのか？」

それは今日無理しなくていいという意味だろう。でも、夫婦なのだ。遅かれ早かれそういった関係にはなる。

「夫婦ですから」

それに、私は彼にならば初めてを捧《ささ》げたい。一生のうち最初で最後の男性が蒼梧さんなら、こんなに幸せなことはない。

蒼梧さんは少しだけ考えるような表情をしていた。

それから、盆を枕元に置いて電気を消した。常夜灯の灯《あか》りが室内を照らす。

掛布団をめくり横たわると、私に向かってささやくような低い声で言った。

「おいで」

その声だけで全身が熱く火照ってしまった。蒼梧さんの声が好き。顔立ちも優しさも好きだけれど、声にはとろけてしまいそうになる。

促されるままに隣にすっぽりと収まる。蒼梧さんの匂いがする。

「無理はしていないか？」

向かい合って横になった格好で彼は尋ねた。私は喉を鳴らして生唾を呑み込んだ。

それから頷く。

「していません」

声も身体も震えないでほしい。彼に遠慮させたくない。

私を女として見てほしい。

「愛生」

名前を呼ばれると眩暈《めまい》がした。嫌なのではない。嬉しさと恥ずかしさでくらくらする。

頬を手で包まれ、ぴくりと震えてしまった。どうかやめないで。

「蒼梧さん、私は大丈夫……」

言葉を遮ったのは彼の唇だった。甘く重なり、すぐに深く深く組み合わされる。彼の舌が私の口腔《こうくう》に入ってくる。初体験のディープキスに頭の芯が真っ白になった。嫌じゃない。むしろ気持ちがいい。腰がそわそわして、身体の奥が疼《うず》く。気づけば、彼の背に腕を回していた。

「……っ……はあ」

わずかに解放されてもすぐに彼の唇が私をとらえる。呼吸も唾液も呑み込まれて、奥深くまで優しく征服される。胸が苦しくなるほどときめいていた。身体に走る甘やかな刺激を知らない。これが快感というものだろうか。

蒼梧さんは体勢を変え、私に覆いかぶさるようにキスを続行する。大きな手が私の胸のふくらみに触れた。パジャマの上からだけど、じらすような触れ方をされ、身体がびくびくとわななないた。キスだけで私の身体は期待してしまっている。何も知らない身体が勝手に彼を求めている。

「蒼梧さん……」

自分自身もコントロールできない身体の欲求に、潤んだ目で彼を見上げる。蒼梧さんはかすかに喉を鳴らした。

私を見据える瞳は普段はクールだ。でも今は違う。熱い情欲が見える。

「抱くぞ」

宣言され、私は返事の代わりに彼の首に腕を回してキスをねだった。

2

「愛生、久しぶりー」

入籍から一週間、アルバイトの帰りにカフェで落ち合ったのは親友の芙美《ふみ》だ。

「芙美おまたせ。お休みの日にわざわざありがとう」

「いいのいいの。結婚祝い渡したかったしね。あらためまして、ご結婚おめでとう」

そう言って芙美が差し出してくれたボックスは中が見える仕様になっている。ペアマグカップだ。有名なアクセサリーブランドのものだけれど、陶磁器も発売していたとは知らなかった。

「ありがとう。旦那さんとペアマグカップを持っていなかったから嬉しい。早速使わせてもらうね」

「それならよかった。仲良く使ってよ」

芙美は笑う。親友の芙美は中学から高校まで一緒だった。私は保育科のある女子大に進学し、芙美は共学の有名大学に進学した。

大学時代も暇さえあれば会って友情を維持してきた。

私は結婚、芙美は広告代理店に就職したけれど、今後もいい友人関係を続けていきたい。

「ご両親が結婚を望んでるとは聞いてたけど、お見合いから結婚まで思いのほか早かったね」

「結婚式、招待できなくてごめん」

「いいよ。私を招くと旦那さん側も誰を招くか悩まなくちゃいけないでしょ。家族だけで済ますのが一番楽だし、親孝行にもなるよ」

芙美は明るく、おおらかだ。彼女のそういうところが居心地よくて、一緒にいてペースが合う。

「旦那さん、一緒に住んでみてどう？　いい人？　写真は見たけど超絶格好いいじゃん。ちょっと年上だけど、むしろそこがいい。同年代にはない魅力だよね」

芙美の中で、写真でしか見たことのない蒼梧さんの評価は高い。あれほどのイケメンで、警察庁勤務だものね。

「うん。大事にされてるって思うよ。私なんか、彼からしたら子どもみたいに見えるんじゃないかって思ってたんだけど……」

同居から一週間の蒼梧さんとの日々を思い出し、気づけば頬がぽぽぽと熱くなっていた。

「真っ赤な顔してぇ。旦那さんのこと思い出しちゃった？」

「ええと、まあ」

「無事、処女も卒業できた？」

声をひそめて尋ねられ、私は全身熱くなりながらコクコクと頷いた。

「あ、あのね。芙美にだから聞けるんだけど、これって普通かな」

「え、なになに？」

「その……毎晩……そういうことするのって、……普通？」

私の質問に芙美は一度はたと止まって、次にぶはっと噴き出した。

「ちょ、ちょっと笑わないで！」

「あはは、ごめんごめん。質問が可愛くってぇ。新婚さんなら普通じゃない？」

「ふ、普通なのね。あと、ひと晩に何回もするのって……」

「あは、あはははは、待って、そこまで赤裸々に教えてくれちゃっていいの？」

「だって、芙美以外に聞けないんだもん！」

私は真剣なのに、芙美には面白くてたまらない質問になってしまったようだ。芙美は目尻の涙を拭って答える。

「うんうん、ご主人、体力ありそうだもんね。一度に一回って人もいれば、何回もしたいって人もいるから普通だよ」

「そうなんだ」

私は恥ずかしさをごまかすために何度も頷く。思い出される蒼梧さんとの夜の数々に、いつまでも顔は赤いまま。

初夜以来、蒼梧さんは毎晩のように私を求めてくる。普段はクールで感情が読みづらい彼が、寝室ではまるで違う。たくましい身体で何度も何度も私を翻弄し、熱く甘くとろけさせる。

胸は人より少しだけ大きいかもしれないけれど、小柄だし手足もそう長くない。声だって子どもみたいな声で、色っぽくもない。こんな私にその気になってくれるだけでも嬉しいけれど、夢中になって求められると心も身体も満たされてしまう。

彼ほど体力がないので、行為の最後の方はぐったりしてしまうし、終わった瞬間気絶するように寝てしまったこともある。

「普通ならいいかな、うん」

頷く私に芙美がにやっと笑ってささやいた。

「あとは愛生が可愛くて可愛くて、自制が利かなくなってるのかもねえ」

「そんな！　私たち、お見合い結婚だから」

私は慌てて否定した。そうだ。お見合い結婚なのだ。

蒼梧さんは普段はもちろん、行為の最中だって「好き」や「愛してる」なんて口にしない。

優しく紳士的に振る舞ってくれるから、日々の生活はすごく居心地がいいけれど、それは家族になった人への親切なのだ。

身体を繋いでいるときだって、あまり無駄なことは言わない。たまに「綺麗だ」とか「顔を見せて」とかは言ってくるけれど、そのくらいで……。

「でも、愛生は旦那さんのことが結構好きになっちゃってない？」

「それは……うん、そうかも」

恥ずかしながら、最初から惹かれていた。身体を繋ぐうちに、もっともっと彼にのめり込んでいるのを感じる。

初恋で、さらに初めて教え込まれたことが多すぎて……。

「普通の男なら、愛生みたいな若くて可愛い新妻ができたら最高に幸せなはずだよ。旦那さんも顔に出さないだけで、愛生に夢中になってるんじゃないかなあ」

「そんなことないよ」

恥ずかしさがそろそろ極限で、話を変えることにする。

「芙美は？　彼氏さん、元気？」

芙美の彼氏とは何度か会ったことがある。同じ大学の同級生で、他にも友人がそろうときに私も何度か呼んでもらった。

「あ～、別れちゃった」

芙美はあっけらかんと答えた。すごく仲がよかった彼だけに驚きだ。

「あいつが浮気したんだよ。サークルの後輩の子とさ。私とは別れるからって言って二股状態だったみたい」

「それは、嫌な思いをしたね。大変だったね」

「ぶん殴って、女もろとも土下座させたから、もういいわ」

さすが芙美だ。そんなことができるのも、それを笑って話せるのも。

「あいつとはもう会わないけど、大学時代の友達とはまだしょっちゅうグループで会ってるよ。あ、健二《けんじ》のこと覚えてる？」

「健二……中泉《なかいずみ》くんのこと？　覚えてるよ。何度かみんなでごはんを食べたよね」

中泉くんは、芙美の同級生でゼミナールが一緒だったはず。芙美の友人たちと遊んだときに、何度か会っている。

「メンバーの中で私が浮かないように、色々気遣ってくれて優しい人だったな。元気にしてる？」

「あいつ、超大手の出版社に勤めてるよ～。この前会ったときに、『愛生ちゃん元気にしてる？』って聞くから、『結婚するよ』って答えたんだわ。すごいショック受けてたよ」

「ショックって、なんで？」

「たぶん、愛生のこと狙ってたんじゃない？　愛生と最初に会った頃は、あいつも彼女いたけど、一年くらい前に別れてるんだよね。その頃から何度か、『飲み会に愛生ちゃんを呼んで』とは言われてたんだけど、そもそも私が忙しくて飲み会主催できなかったんだよねえ」

そうこうしているうちに卒業して、私は結婚したということ。でも、狙ってたって言われても……。

「そんなに親しい関係じゃないと思うんだけど」

「恋愛なんて、会う回数で決まらないでしょ。愛生だってお見合いでびびっときて旦那さんと結婚したわけだし」

「まあ、そうだけど。でも、私なんて好きになってもねえ」

「愛生は自覚がないだけで、超男ウケいいタイプだから。小柄でスタイルよくて、うぶうぶな清楚系《せいそけい》。共学だったら、男子にちやほやされて女子に嫌われる系だったから、女子校でよかったと思うよ」

芙美は嫌味を言っているわけではない。日頃から歯《は》に衣着《きぬき》せぬ物言いをするのだ。それにしても女子に嫌われる系はショックだなあ。

「あいつとメッセージアプリ、繋がってないよね。まあ既婚者にしつこくはしないと思うけど、一応気を付けてね」

「うん。そんな感じの人じゃないと思うよ」

「まあ、サバサバしてるからね。残念がってたけど、すぐに次の恋を見つけるでしょ。愛生は気にせず、旦那さんとの愛を深めて」

芙美に言われ、私は素直に頷いた。

蒼梧さんとの愛。深まるといいな。

今日も夕食を準備して蒼梧さんを待つ。

「おかえりなさい」

玄関の開く音とともに迎えに出てしまう私はさながら忠犬だ。

「ただいま」

蒼梧さんは低い声で答え、私を見下ろす。

「いい匂いがする」

「ビーフシチューを作ってみました」

「それは楽しみだ」

蒼梧さんはあまり言葉数が多い方じゃない。だけど、いつも私を気遣ってくれるし、優しく接しようと心を砕いてくれているのがわかる。そういう真心に、恋がどんどん育っていくのを感じる。

「愛生」

呼ばれて振り向くと髪を撫《な》でられた。

「糸屑《いとくず》がついていた」

なんだ、そういうことかと拍子抜けだ。ひとりで意識してしまって、恥ずかしい。

「ありがとうございます」

「そんなにかしこまらないでくれ。きみにとっては年上の男でも、今は夫婦なんだ」

「あ、そうですよね。ごめんなさい」

「謝らなくていいよ。急にあれこれ変えられないよな」

「徐々に！　慣れるようにしますので！」

恋愛で結びついたわけではないのだし、いきなり馴《な》れ馴《な》れしくはできない。だけど、私が他人行儀なままでは蒼梧さんもくつろげないかもしれない。

私はこの人の妻なんだもの。

「愛生」

私の名前を呼び、蒼梧さんは手のひらで私の頬を包んだ。そのまま、首筋まで柔らかく撫でられる。

（あ……）

触り方でわかる。蒼梧さんは私を求めている。

（今夜も抱かれるんだ）

胸がときめく。彼に求められている実感は、女としての喜びであり、夫婦として正しい道を歩んでいるように感じられる。

こうして心を繋いでいきたい。私の淡い初恋がいつか彼の心に届いたら、私たち、仲のいい夫婦になれるかしら。

結婚生活は穏やかに続き、八月がやってきた。連日の真夏日を私は家事に精を出して過ごした。

「アルゼンチンへ？」

それは急にもたらされたニュースだった。帰宅してまず報告してくれた蒼梧さんは硬い表情で頷く。

「在アルゼンチン日本国《にっぽんこく》大使館に警護対策官として赴くことになった。前任者の病気治療で交代になるから、期間は通常三年のところを二年になる」

警察庁勤務の蒼梧さんに転勤が多いことは知っていた。ここ数年は本庁勤務だけれど、二十代の頃は各地の警察機構の拠点を数年ごとに回っていた。外務省に出向し、各国の大使館に勤務することもあると知識では知っていたけれど。

「きみには予想外のことだろう。国内の転勤とはわけが違うよな」

私の戸惑った様子に、蒼梧さんが言う。

「無理してついてくることはない。南米《なんべい》地域で日本《にほん》とは気候も違えば治安も違う」

「いえ、私はついていきたいです」

すぐにそう答えた。夫婦なのだ。離れて暮らしたくない。

「邪魔でなければ、連れていってください」

「邪魔なわけがないだろう」

蒼梧さんはそう言って、歩み寄って私の頭を撫でてくれる。

「赴任は十二月。四ヶ月、ふたりで準備しよう」

「はい」

見知らぬ土地に行くのは不安だ。英語は学校で学んだ程度しか喋れないし、治安が日本と大きく違うのも怖い。

だけど、蒼梧さんと離れるのはもっと嫌。

どこに行っても蒼梧さんとなら頑張れるに違いない。勇気を奮い立たせて、私は拳を握った。


それからの日々、私は英語とスペイン語を勉強し、現地の情報収集に努めた。アルバイトをしていた児童養護施設には夫の転勤についていくので退職すると伝え、十月末までの勤務にしてもらった。

両親は転勤の話に心配そうだった。両親もまた、嫁いだ娘がいきなり地球の裏側に行くとは思わなかっただろう。それでも蒼梧さんを信頼して見送ると言ってくれた。

九月も後半にさしかかったある日、私は風邪をひいた。咳《せき》と喉の痛み、発熱があったので早めに受診することにした。

蒼梧さんとの結婚生活も三ヶ月と少しが経《た》つ。家事も慣れたつもりだし、語学の勉強も頑張っている。アルバイトもまだ継続中だ。

「風邪だなんて、ちょっと頑張りすぎちゃったかな」

あまりキャパシティの大きい方じゃない。自分を過信せず、疲れたら早めに休むようにしないと蒼梧さんに迷惑をかけてしまう。異国に行ってもこの調子じゃいけない。

蒼梧さんは私の風邪を心配してくれているけれど、私は彼にうつしてしまわないかの方が心配。寝室も一時的に別にさせてもらって、二階の洋室のベッドを使っている。風邪の後はしばらく咳が残ることが多い。咳がおさまるまでは寝室は別にしよう。

そんなことを考えながら近所の内科医院へ向かった。初めて受診するので初診の問診票を書く。院内はお年寄りが多く混み合っていた。

四十分ほど待ち、ようやく診察室に呼ばれる。

「巴さん、ええと妊娠の可能性はわからないということですが」

まず言われて素直に頷いた。問診票に妊娠しているかとあったので、不明に丸をつけたのだ。

「先に検査してみましょうか」

促され、そのまま看護師さんの指示で尿検査をすることに。二十分ほど追加で待って診察室に再び呼ばれた。

「巴さん、妊娠の反応が出ていますね。かかりつけの産婦人科で見てもらってください ね」

医師はあっさりと言った。

妊娠？　いや、あり得ないことじゃない。

最近月のものが来ていない。月経不順なので、あまり気にしていなかったけれど、避妊はしていない。赤ちゃんがいつ来てもいいと思っていたから……。

内科の診察は風邪の診断で、妊娠中も飲める風邪薬を処方してもらった。一度帰宅し、近隣の産婦人科をネットで探す。まだ蒼梧さんには連絡していない。胸がドキドキした。赤ちゃんができているかもしれないのだ。

家から徒歩十五分くらいの立地に産婦人科を見つけた。風邪をひいているので、他の妊婦さんにうつせない。だけど、風邪が治るまで妊娠しているかどうか不安なままで過ごしたくない。

電話でその旨を話すと、午前診察の最後に予約を入れてくれた。予約直前に来院して隔離室で診察を受けられるとのことだ。親切な産婦人科に安堵《あんど》し、私は仕度を整え直して時間に間に合うように出かけた。

発熱のだるさより、妊娠しているかもという希望が私の身体を突き動かしていた。

蒼梧さんと私の赤ちゃん。ああ、授かっていたらどれほど嬉しいだろう。

産婦人科での診察の結果、私のお腹には赤ちゃんが宿っていることがわかった。大きさから七週目くらいとのことだ。妊娠二ヶ月である。

嬉しくて飛び上がりたい気分だ。病院を出て、すぐに蒼梧さんにメッセージを送った。


【妊娠しているみたいです】


簡潔な文面になってしまったのは、他に言い方がわからなかったから。蒼梧さんは喜んでくれるだろうか。

昼休みの時間だったせいか、すぐに返事がくる。


【嬉しい連絡をありがとう。身体に気を付けて出産まで過ごしてほしい】


文章からはよく読み取れないけれど、嬉しいと言ってくれているのは間違いない。よかった。蒼梧さんも私も孫の顔を両親に見せたいという希望があった。結婚三ヶ月で妊娠なら、順調といえるのではないだろうか。

十二月にはアルゼンチンへ赴任。向こうでの出産になるだろう。あちらの出産や病院のシステムを調べておかなければならない。

わくわくと弾む気持ちで落ち着かない。そのせいなのか熱がすっかり上がってしまった私は、ベッドに戻り気絶するように眠ったのだった。


次に目覚めたのは私の頭を撫でる優しい感触だった。

目を開けると蒼梧さんが帰ってきている。室内はすでに暗い。

「蒼梧さん、赤ちゃんが……」

「ああ、その話はきみの風邪が治ってからだ」

「……はい」

蒼梧さんは立ち上がり、部屋を出ていった。間もなくおかゆとスポーツドリンクを持って部屋に戻ってくる。

「食べられるだけでいいから食べなさい。それから眠るんだ」

「あの、蒼梧さんは……」

赤ちゃん、嬉しくないかな。彼はいつも表情が乏しいので、なんとなく不安になってしまった。

「きみひとりの身体じゃないんだ。早くよくなってくれ」

そう言って再び頭を撫でてくれる蒼梧さん。大丈夫、この人はちゃんと私を見ていてくれるし、妊娠も喜んでくれている。風邪のせいか、妊娠のホルモン変化のせいか、不安に感じてしまうだけ。

「はい。早く治します」

私は頷き、サイドボードに置かれたおかゆの盆を手に取った。

二日ほど寝込んで風邪は快癒した。案の定、咳だけ残ってしまったので寝室は別で、マスクもしたままの生活だけど、蒼梧さんと食卓を囲むことも家事もできる。

久しぶりに作った夕食はグラタン。病み上がりなのに、無性に食べたくてバターたっぷりのホワイトソースを自作したのだ。

サラダもセットで出すと、蒼梧さんはどちらもぺろりとたいらげてしまった。食べ方は上品だけど、食欲は旺盛でほれぼれしてしまう。女性ばかりの社会にいたし、父は少食なので、蒼梧さんの食べっぷりはいつ見ても素敵だ。

私はグラタンを半分くらい食べ進め、それ以上フォークが動かなくなってしまった。おかしいな、自分で食べたいと思ったのに、みぞおちのあたりが苦しい。

「愛生、体調はもう本当にいいのか」

私の食が進まないせいか、蒼梧さんが尋ねてくる。

「はい、大丈夫です。グラタンはちょっともたれてしまって。病み上がりはさっぱりしたものがよかったですね」

「もしかしてだが、つわりということはないか？」

蒼梧さんに言われて、ああと合点がいった。なるほど、つわりのせいで胃のあたりがおかしいのだ。

「そうかもしれません。つわりって妊娠初期に起こるんですよね。ちょっと調べてみます」

「あのな、愛生。出産まで体調も不安だろう。妊娠期間と出産までは日本で過ごすのはどうだ」

思わぬことを言われ、私は仰天した。

「え、私は……蒼梧さんについていって、赴任先で産むつもりでした……」

「あちらでは勝手も違うし、日本と同じ医療が受けられるかはわからない。もちろん、赴任先で奥さんが出産したという話は同僚からも聞くが……」

蒼梧さんは私と赤ちゃんを心配してくれているのだろう。だけど、私自身は蒼梧さんといたいのだ。妊娠から出産まで離れ離れなんて嫌だ。

「私はついていきます。大丈夫ですよ」

「……そうか。そう言ってくれるなら……」

蒼梧さんはまだ心配そうな顔をしていた。私はにこにこ笑顔でいたけれど、なんとなく寂しかった。

私が思うほどに彼が私を想《おも》っていないのは知っている。

私にとっては初恋。彼にとっては、家族愛。

わかっている。

だけど、簡単に離れてもいいなんて言わないでほしい。

数日のうちにつわりの症状が強く出るようになった。吐き気がひどく、食事はほとんど喉を通らなくなった。何も食べていないのに、頻繁に吐いてしまう。

風邪の咳を引きずっているせいもあり、咳から嘔吐《おうと》に繋がることも多かった。妊娠中も飲める咳止めを内服していたものの、咳はいつまでもすっきりしない。

苦しい日々を過ごしているうちに百五十五センチでやせ型の私が、十日で六キロ減ってしまった。尿がほとんど出ないのも怖かった。喉は吐きすぎてずっと痛い。立っているのがままならなくなり、家事はほとんどできなくなった。

「愛生、病院に行こう」

蒼梧さんになるべく苦しんでいる姿を見せないようにしてきた。しかし、家事もできず食事もできない状態を隠し通せるわけもなかった。

「つわりだから、たぶん正常ですよ。大丈夫」

「そんなに痩せて、赤ん坊よりきみが先に参ってしまう」

蒼梧さんは私を抱き上げ車に乗せる。不甲斐《ふがい》ない気持ちだったが、吐き気で車の臭いや揺れが苦しい。産婦人科にも蒼梧さんに肩を支えられて入った。

尿検査や超音波検査を終え、診察室に呼ばれる。

「赤ちゃんは元気ですが、尿検査の結果があまりよくないです。ケトン体という物質が尿に出ているので、身体が飢餓状態になっています。経口で水分と栄養がとれず体重の減少も大きい。入院治療をお勧めします」

驚いてしまった。入院まで必要になることがあるなんて。

「わかりました。お願いします」

私より先に、一緒に診察室に入った蒼梧さんが答えていた。私が狼狽《うろた》えていたせいだろう。

「蒼梧さん、迷惑をかけてごめんなさい」

診察室を出て、待合室でうなだれる私。情けない。妊娠初期のつわりでこれほど体調をくずすなんて、私の身体が頑丈ではないのだろうか。蒼梧さんが肩を抱いてくれた。

「迷惑なんかじゃない。赤ちゃんのためにも身体の状態を整えよう」

「はい……」

私はそのまま産院に入院となった。入院の準備を整えて荷物を届けてくれたのは蒼梧さんだ。

もう少し体調が落ち着いたら話そうと思っていた両親にもこの機会に妊娠を告げた。私が入院となれば、着替えなどの持ち帰りや洗濯は母を頼った方がいい。

これ以上、蒼梧さんに迷惑をかけたくないという気持ち。同時に、入院してしまった方が、蒼梧さんも心配事が減って楽に違いないと思った。

妊娠が嬉しいはずなのに、身体がいうことをきかなくて喜びを感じられなくなっている。そして、蒼梧さんにも何もしてあげられなくなっている。

ああ、どうしてこんなにうまくいかないんだろう。

ベッドで点滴を受けながら、むなしい気持ちでいっぱいだった。


一週間入院して、私は退院した。つわりはまだ続いているけれど、点滴のおかげでどん底の体調からは回復した。体重も六キロ以上減ることはなかった。これからはつわりがおさまるまで二、三日おきに点滴をしに通院することになるだろう。

久しぶりに帰った家は、綺麗に片付いていた。蒼梧さんが休みの日に掃除してくれたようだ。ただ、食事は作っていなかったらしく、冷蔵庫はほぼ空っぽだ。

今日は調子がいい。買い物に行けそうだし、夕飯も久しぶりに作れそう。

一番近くのスーパーで必要な肉や野菜だけ買ってきて、早速夕食にロールキャベツを作った。作り終えるとさすがに吐き気と倦怠感《けんたいかん》でベッドに向かう。洋室のシーツも真新しいものに取り替えられていた。蒼梧さんの優しさが嬉しい。

眠ってしまった私は、夕方蒼梧さんの帰宅で目覚めた。洋室のドアが薄く開き、蒼梧さんが顔を出すのが見える。

「蒼梧さん、おかえりなさい」

私はそろりと身体を起こした。蒼梧さんが入ってきて、ベッドに腰掛けた。

「ただいま。退院の日にひとりにしてしまってすまない」

「ひとりで平気でしたよ。お夕飯、作れたんです。食べましょう」

元気に言ってベッドから下りたものの、眩暈でよろけてしまう。すぐに支えてくれる蒼梧さん。

私はそのまま、蒼梧さんの胸に顔を押し付けた。

「愛生、本当に無理はするな」

「やだなあ。無理なんかしてませんって。これから、また少しずつ色々できるようになりますからね」

蒼梧さんの大きな手が背中を撫でてくれる。安堵で、吐き気が楽になる気がする。

夕食はあまり食べられなかった。だけど、蒼梧さんが綺麗にロールキャベツをたいらげ、洗い物までしてくれるのを見ると、幸せな気持ちになった。

妊娠生活は始まったばかり。これから私も徐々に体力が回復して、できることが増えていくに違いない。焦らずにいこう。

しかし、翌朝思わぬことが起こった。

「うそ……」

朝起きてトイレに向かった私は愕然《がくぜん》とした。ショーツに血がついているのだ。

妊娠初期の出血はよくないはずだ。

「愛生？」

真っ青な顔で居間に戻った私に蒼梧さんが声をかけてくる。様子がおかしいと感じたのだろう。

「蒼梧さん、病院に……出血があって……」

たどたどしく言う私に、蒼梧さんは頷いた。

「動かなくていい。座っていてくれ。きみの診察券とパーカーだけ持ってくる」

蒼梧さんは車で私を産婦人科に連れていった。早朝の産婦人科、時間外出口から入るときも、私を横抱きに抱いた状態だ。歩かせない方がいいと思っているようだ。

昨日退院したばかりの産婦人科にまた戻ってくることになるとは。いや、それどころじゃない。赤ちゃんは無事なのだろうか。

すぐに診察してもらい、結局私はそのまま再び入院となった。

診断は切迫流産。これは流産ではなく、流産しかかっている状態を指す。安静にし、正常妊娠への回復を待つことになる。

赤ちゃんの命が助かったことは何よりホッとした。だけど、また入院だ。

しかも今度はいつまでかもわからない。

「愛生と赤ん坊の無事が一番だ」

ベッドで点滴を受ける私に蒼梧さんは優しく語りかける。

「こんなことの繰り返しで、本当にごめんなさい」

言うと涙が出てきた。こめかみを伝い、髪の毛の間に吸い込まれていく涙。蒼梧さんが私の目尻を拭いてくれた。

「きみのせいじゃないだろう。赤ん坊はふたりで望んだ。むしろ、それに付随する苦痛をきみひとりが受けているのが申し訳ない」

「でも、私が貧弱だから、つわりがひどかったのかもしれなくて……切迫流産だって……」

「俺も少し調べたけど、つわりは人によって違うそうだ。原因もはっきりしていない。切迫流産もきみの努力や体調とは関係ない。どうか、気に病まないでほしい」

そう言って、蒼梧さんは私の手を握った。

「忘れないでほしい。蒼梧さん。俺はきみを大事に想っている。それはこの先ずっとだ」

「蒼梧さん……」

「きみは替えが利く存在じゃない。どうか、何もかも自分のせいだと背負い込まないでくれ」

私はこくりと頷いた。

感謝の気持ちでいっぱいだ。縁あって一緒になった妻を、どこまでも尊重してくれる蒼梧さん。私は自信がなくて、自分に何かあるたび蒼梧さんをがっかりさせているのではないかと思っていた。奥さん選びを失敗したと思われているんじゃないかって……。

私は馬鹿だ。蒼梧さんは真心のある人だから、そんなひどいことを考えないのに。

一方で、胸の奥では不安が渦巻いていた。

あと二ヶ月弱で、蒼梧さんとアルゼンチンに赴任するはずだったのに。私の退院は間に合うのだろうか。


入院生活はほとんどがベッドの上だった。トイレも看護師さんを呼んで車いすで行かなければならなかった。医師の見立てでは、出血がおさまって二週間ほどで退院できるのではということだけれど……。

出血は三日ほど続いた。毎日の検査で赤ちゃんの無事は確認されていたので、安心ではあった。家でこの状態だったら不安でたまらなかっただろう。

しかし入院から五日目、私の見舞いと洗濯物の交換にやってきたのは父だった。母が来てくれる予定だったので、私は首を傾《かし》げた。

「愛生、体調はどうだ」

「今は平気。だけど、お母さんは？」

「それがな」

父は眉間にしわを寄せて、しばし黙った。なんと言ったものか迷っているようだった。

やがて、言葉を選ぶように話し出す。

「実は健診で母さんが再検査になったんだ。昨日が再検査日でな」

母が再検査？　そんな話はまったく聞いていない。

「おまえの妊娠がわかって、つわりで入院したというから、母さんも心配かけたくなかったみたいだ。言わなくていいと言ってな。今も切迫流産という状態なんだろう。母さんは言うのを反対したんだけど」

「言ってくれなきゃ困るよ。私、ひとり娘なんだよ」

「ああ、だから私が来たんだ。……結論から言うと胃に腫瘍が見つかった。おそらくは悪性だろうということだ」

悪性腫瘍、その単語に眩暈がした。癌《がん》ということだろうか。

「進行にもよるが年内には手術で取ろうということになった」

今は十月。手術が間近ということなら、あまり放置しておけない状況ということだろうか。

「詳しくはこれから決まるが、愛生は自分の身体と赤ちゃんを優先で頼む。家のことは私がどうにかするから」

「でも、お父さん」

「退院したら、蒼梧くんとアルゼンチンへ行くんだろう。そちらでの暮らしの準備もある。大丈夫、お母さんはまだ若いし体力があるから、大きな手術も闘病も乗り越えられるよ」

泣きそうに不安だった。私にはきょうだいがいない。だから、私が日本の裏側に行ってしまったら、父はひとりで母を支えなければならない。そして、母に何かあったとき、私は駆けつけられないだろう。


その日の面会時間ギリギリに蒼梧さんがやってきた。毎日連絡は取り合っているし、二日に一回は面会に来てくれる。面会に来ようと思ったら定時で仕事を切り上げなければならない。忙しい蒼梧さんに申し訳ない気持ちでいっぱいだ。

「愛生、食欲はあるか？　これ、差し入れなんだ」

蒼梧さんが持ってきてくれたのはフルーツがたくさんのったゼリーだ。

「美味しそう。後でいただきます」

「少しでも食べられるものがあればいいんだ」

つわりで何も食べられなくなり、さらに切迫流産で身動きが取れない私を、蒼梧さんはすごく心配してくれている。もったいないくらいの気持ちだった。

「愛生、少し元気がないな。やっぱり調子が悪いか？」

「いえ……実は」

私は母の病気の話を包み隠さずした。蒼梧さんにとっては義両親だ。言わないわけにはいかない。

蒼梧さんは私の話を聞いて、深く頷いた。しかし、言葉は出てこない。

「蒼梧さん？」

おそるおそる声をかけると、彼が顔を上げた。

「愛生、やはりきみは日本に残った方がいい」

その言葉は重々しく響いた。私は顔をゆがめ、思わず責めるような口調で彼に尋ねていた。

「私がこんな状態では足手まといですか？」

蒼梧さんは私の手を取り、首を振った。

「違う。きみと赤ん坊が大事なんだ。きみがつわりで入院したときからずっと考えていた。きみと赤ん坊に無理を強いて赴任先に連れていくのは俺が嫌なんだ」

私はぐっと唇をかみしめた。蒼梧さんは真摯に私を見つめ、続ける。

「お義母さんの闘病が始まるなら、余計にきみは日本にいた方がいい。俺も今は両親とは離れているが、それでも国内だ。何かあれば数時間で駆けつけられる。南米ではそれも難しいいし、身重や子連れで何度も行き来はできない」

「でも、それじゃあ蒼梧さんと……」

離れ離れだ。赤ちゃんを産むとき、彼は傍《そば》にいない。

「折を見て、一時帰国する。きみと赤ん坊に会いにくる。その方がいい」

蒼梧さんの言うことはもっともだ。私と赤ちゃん、そして私の両親に配慮された最良の選択だろう。

だから、寂しいと思ってしまう私が間違いなのだ。

私の寂しさよりも優先すべきことがあるのに、私はいつまで経っても子どもだ。

「……わかりました。日本に残ります」

うつむいてつぶやいた言葉と一緒に涙がこぼれた。蒼梧さんは私の涙をどうとったのだろう。頭を撫で、静かに言う。

「きみにもお義母さんにも身体を大事にしてほしい」

家族となった人たちを当たり前に思いやれて、優先できる。蒼梧さんは優しくて聡《そう》明《めい》な人。

私の感情だけが邪魔だ。大好きな人と離れ離れになるのが、つらくて仕方ない。そんな自分勝手な気持ちだけが邪魔。

お腹の張りや痛みが続き、妊娠悪阻で体力も低下していた私は、結局一ヶ月ほど入院した。退院は十五週目。赤ちゃんは四ヶ月に入っていたけれど、つわりの症状はまだ少しあった。幸い、出血もお腹の張りもなくなり、自宅で気を付けながら日常生活を送ってOKというお達しが出た。

季節は十一月半ば。あと半月で蒼梧さんは赴任先に行ってしまう。

私にできることはなんだろう。

準備を手伝ったり、今しかできない思い出作りをしたり。そんなことを考えていたものの、ことごとく蒼梧さんに却下されてしまった。

「準備はきみが手伝わなくても大丈夫だよ。できる限り、家でのんびりしていてくれ」

蒼梧さんはそう言って、ほとんどの家事を自分でしてしまう。

食事も配食サービスと契約し、届けてもらう形になっていた。私が入院中は配食サービスで栄養が偏らないようにしていたらしい。それはいいことだと思うのだけれど、私が作ると言っても長時間台所に立たせたくないと聞いてくれない。

そうこうしているうちにあっという間に半月が経ち、季節は十二月。蒼梧さんが旅立つ日がやってきた。

成田《なりた》空港まで送ると言ったけれど、職場を経由して行くので見送りはいいと言われてしまった。玄関で蒼梧さんを見送ることになった。荷物はすべて送ってしまっているので、彼はボストンバッグひとつしか持っていない。

「それじゃあ、無理をしないで過ごしてくれ」

「蒼梧さんも気を付けて」

「この正月は戻れないかもしれないが、きみの出産の頃に戻れるようにする」

「ええ、待ってます」

泣くまいと思っていたのに、涙がこぼれてしまった。ああ、どうしても寂しさが消せない。

傍にいたいのに、傍にいられない。それがこれほどつらいなんて。

蒼梧さんは私の涙を拭い、それから優しく唇を重ねてくれた。

「愛生、好きだよ」

私は目を大きく見開いていた。それは初めての言葉だった。泣く私を慰めたかったのかもしれない。だけど、彼から好意を示す言葉を聞いたのは初めて。

余計に泣けてきて、私はぽろぽろ泣きながら頷いた。

「私も蒼悟さんが大好きです」

私たちはもう一度キスをし、そして別れた。

蒼悟さんのフライトの時間、私はソファで天を仰いだ。これから離れ離れの日々が始まる。

ひとりでも頑張らないといけない。

私は蒼悟さんの妻だから。お腹の赤ちゃんのママだから。

3

蒼梧さんが赴任してから、私はひとりで暮らし始めた。幸いにも退院以来お腹の張りもひどくなく、赤ちゃんは順調に育ってくれた。

十二月に母の手術があり、二月からは投薬治療。それらを父とともに支えられたのはよかったと思う。

蒼梧さんとはメッセージアプリで連絡を取り合っていた。しかし、向こうとは半日の時差があるため、生活時間帯は真逆だ。お仕事の邪魔にならないようにと数日に一度、朝にメッセージを送る。内容はお腹の赤ちゃんの成長や、季節のこと、家族のことなどだ。

彼からはその都度返信があったけれど、何往復もメッセージをやりとりはしなかった。もともと彼も私も口数が多い方ではないし、メッセージになるとどうも距離感が難しかった。長く付き合った恋人同士や夫婦ならわかるのかもしれないが、私と彼は出会って一年もしないうちに離れてしまった。

蒼梧さんからのメッセージはそっけなく感じることもある。それは彼自身が言葉を尽くして女性に接するタイプではないから当然だと思う。だけど、私ばかりが一生懸命メッセージを送るうちに、なんとも寂しさが募っていた。あの日彼は私に「好きだ」と言ってくれた。間違いなく言ってくれたのに、その日々が遠くなっていくのを感じる。

彼は家族として好きだと言っただけなのかもしれない。そこに愛を感じた私は、自分に都合のいい解釈をしていただけではないだろうか。なんにせよ、蒼梧さんと私の気持ちには温度差があるように思えてならない。

気分が暗くなりかけては、お腹で育つ私たちの赤ちゃんの存在を思い出した。そんなふうに考えては駄目。蒼梧さんは遠い国で一生懸命お仕事をしている。私は私で出産に挑むんだ。

そうして五月初旬、私は男の子を出産した。

お産は痛かったけれど、安産といえるスムーズさだったそうだ。両親が病室で待機してくれ、翌日には熊本の義両親も来てくれた。

ただそこに蒼梧さんの姿はなかった。

当初は帰国の予定を立てていてくれたのだけど、四月の時点で総理の外遊が決まったのだ。警備対策官である彼が、総理の滞在前後に現地にいないわけにはいかない。

仕方ないことだ。彼の仕事は理解しているつもりだし、きっと落ち着いたら会いにきてくれるだろう。

出産報告と赤ちゃんの写真は分娩室《ぶんべんしつ》で送った。向こうは深夜の時間帯だろうけれど、返事はすぐにきた。

【お疲れ様。本当にありがとう。早く会いにいきたい】

ほら、蒼梧さんはちゃんとお産を待っていてくれた。会いたいと言ってくれる彼を信じるべきだ。

生まれた男の子は伊織《いおり》と名付けた。蒼梧さんと事前に決めていた名前だ。

予定日より七日早く生まれた伊織は少し小さめで、保育器に入るほどではなかったけれど、哺乳する力も弱かった。病院での数日間は伊織にいかに母乳やミルクを飲ませるかに終始していた気がする。

退院から産後一ヶ月目までは義両親が家に戻る形で同居してくれた。私の母はまだ定期的な投薬治療が必要だし、体力も戻っていない。育児を手伝わせられない。

「愛生さんさえよければ頼ってね」と同居と家事育児を買って出てくれた義両親の申し出はありがたく、心細く育児を始めずに済んだことにホッとした。

私の床上げと伊織の一ヶ月健診を終えると、義両親は熊本に帰っていった。本当はこのタイミングで蒼梧さんの帰国が予定されていたけれど、結局多忙で戻ってこられなかった。

もう半年以上、蒼梧さんに会っていない。私はがらんとした家の居間で眠る伊織を見下ろした。涙がこぼれる。寂しくてたまらなかった。


育児は毎日が戦争だった。慣れない授乳、お風呂、その他お世話の数々……。それでも日々成長していく伊織を見ていると癒やされた。控えめなニコッという生理的微笑。どんどん関節の稼働が広がり、腕や足をぶんぶんと振り回すことも増えてきた。可愛い声を聞くと幸せな気持ちになった。

大泣きされれば疲れてぐったりするし、可愛く微笑まれればすべて許したくなる。これらの繰り返しの日々を私はひとりで経験した。きっと夫婦で経験すべき時間だった。それが残念でならず、せめてもと思いながら伊織の成長を蒼梧さんに写真で送り続けた。

【きみは変わりないか？】

そんなふうに言われると気遣われているというより伊織に興味がないのかと不安になる。

情緒不安定だ。いけない。

伊織が生後三ヶ月を過ぎたある日、蒼梧さんから電話がきた。国際電話はめずらしい。海外ではＷｉ－Ｆｉを頼りにメッセージアプリでやりとりをするのがいつものことだったから。

『そちらはどうだ』

「伊織は順調です」

久しぶりに聞く蒼梧さんの声なのに緊張して言葉がうまく出てこない。何を話していいのか、どんな口調で話せばいいかもよくわからなくなってしまった。

私はたどたどしく家族の近況を話した。熊本のご両親が度々荷物を送ってくれること、ふたりとも畑仕事を楽しんでいること、うちの母の投薬が効果を示していること、父も健康であること……。

伊織が日ごと成長していく様は事細かに伝えた。伊織の成長を一緒に喜んでほしかったのだ。

『そうか。愛生はどうだ。大変じゃないか』

そう尋ねられ、はたと止まった。

育児は大変だ。だけど幸せで、精一杯で……。それはひと言で答えられない。

あなたが傍にいてくれたらどれほどよかったか。伊織を見守り、成長を楽しみ、この子の未来を語り、家族として時間を刻んでいけたのに。

「大丈夫ですよ」

私に言えたのはそんな強がりだけだった。

ただ、このまま電話を切りたくなかった。今ならずっと考えていたことを直接言える。チャンスだ。

「蒼梧さん、伊織も三ヶ月を過ぎました。私と伊織もそちらに行きたいです」

アルゼンチンへ母子で向かい、再び同居したい。家族三人で暮らしたい。妊娠中からずっと考えていたことだ。

『愛生……悪いんだが』

その浮かない調子だけで私は泣きそうになった。

『外国人を狙った犯罪が増えている。強盗や傷害事件だ。先日も邦人にも被害者が出た。麻薬組織絡みの抗争もあるし、営利目的誘拐も発生している』

蒼梧さんは重々しく続けた。

『きみと伊織には安全なところにいてほしい。俺が四六時中守れるわけではない以上、渡航はやめてほしい』

「それじゃあ、蒼梧さんが帰国するまで私たちは会えないんですか？」

涙を堪えて声が揺れた。蒼梧さんの帰国は一年四ヶ月先だ。

『年末に一時帰国する予定だ。どうかそれまで待っていてくれ』

駄々をこねる勇気はなかった。蒼梧さんの言うことはもっともだから。私だって逆の立場なら家族を危険に晒《さら》したくない。実際、私ひとりならどうにかなっても伊織を守って暮らすには時期がよくないのかもしれない。納得はしている。だけど、寂しさが胸をかき乱す。

「わかりました。伊織はまだ未満児ですし、伊織を第一に考えたら日本にいた方がいいですね」

『ああ、わかってくれてありがとう。きみもご両親や友人、頼れる人が近くにいれば安心だろう』

違う。本当に傍にいてほしいのは、頼りたいのはあなた。

それなのに、私には主張する資格すらない気がしていた。

(夫婦なのに……)

年の離れた彼と夫婦になろうと決めた。ともに暮らすうち、どんどん彼に惹かれていった。

その気持ちは嘘じゃない。だけど、今は自分ひとりが寂しさで空回っているように感じられた。

「お仕事頑張ってくださいね。また、たまに声を聞かせてください」

『ああ、愛生も身体に気を付けて。無理はしないでくれ』

電話を切ると涙が頬を滝のように流れていた。

ベッドで眠る伊織は健やかな呼吸を繰り返している。


蒼梧さんが年末に帰ってくる。

それが私の支えだった。一年ぶりにやっと会えるのだ。

伊織を抱っこしてもらって、家族三人で楽しく過ごそう。

育児の合間に家中を掃除し、蒼梧さんが帰ってきたら作ろうとあれこれレシピを検討した。

伊織は首が据わり、お座りも支えがあればできるようになっている。赤ちゃんの成長は早くて、伊織を見ていれば年末はあっという間に違いない。

しかし、十二月に入って事態が変わった。

蒼梧さんの赴任先だけでなく、南米のあちこちの国で家畜の伝染病が確認されたのだ。人を媒介する病気で、一時的に日本への入国制限が設けられた。外交官として現地にいる蒼梧さんの立場で『家族に会いたいから帰国したい』とは言えなくなってしまったのだ。

【収束にどのくらいかかるかわからない。本当にすまない】

メッセージアプリを閉じ、私はうなだれた。わくわくしていた気持ちはどん底まで沈んでしまった。

年が明け、蒼梧さんから一時帰国は夏頃になると連絡があった。様々な事情を加味した結果、蒼梧さんの上長や現地の大使館が決めたことだそうだ。私に意見など言えるはずもない。

私は伊織との生活に集中した。

日々目まぐるしく変わっていく乳児と接するのは余計なことを考えなくて済む。伊織は健康にすくすく成長していった。

時に思った。このままこの子とふたりで生活していくのも、いいかもしれない。

蒼梧さんはこの先も忙しいだろう。帰国しても、いつ国内外に転勤になるかわからない。結婚当初はついていくつもりだった。伊織が小学校に上がる前までは、全国や海外に一緒に行けばいい。伊織が就学するタイミングで、蒼梧さんに単身赴任をお願いすればいい、と。

しかし、今回の状況を考えれば、蒼梧さんは今後も私たちを赴任先に連れてはいかないだろう。帰国したって、きっとすぐに置いていかれてしまう。ふてくされた心がマイナス思考に陥っているだけかもしれないけれど、あながち間違いでもない気がする。

それなら伊織とふたりでの生活に慣れよう。

私をママだと認識し、にっこり笑顔を見せてくれたり、甘えて抱っこをせがんだりする伊織。伊織にママとして求められ、私の心は救われたのだから。

五月、伊織が一歳になった。

この日は私の両親と義両親が駆けつけてくれ、家で誕生パーティーをした。伊織は私以外の大人に人見知りをしてしまうので、最初は大泣きしたけれど、慣れるとニコニコ笑いだした。離乳食と一歳でも食べられるケーキを完食し、みんなに感嘆のため息を漏らさせた。

昼食が終わる頃に、宅配便が届いた。配達の男性が三往復して運んでくれたのは蒼梧さんから伊織への誕生日プレゼントだった。段ボール三つ分の中身は、絵本が山ほど、車や電車のおもちゃに、パズルのような知育おもちゃ。

「蒼梧ったら、戻ってこられないからって買いすぎよね。それに、これまだ伊織くんには早いんじゃない？」

お義母さんが苦笑いで言う。確かにあまりに大量で驚いてしまったし、知育おもちゃは対象年齢が二歳以上のようだ。

「愛生、あなた宛ての包みもあるわよ」

母に言われて手に取った箱からはネックレスが出てきた。トップは美しくカットされたダイヤモンド。

「愛生さんもママ一周年だものねえ」

「蒼梧さんは優しいわ」

義母と母が盛り上がっている。私は笑顔でそれをつけてみせ、すぐにはずして箱にしまった。

蒼梧さんはこれまでも結婚記念日や二月の私の誕生日にプレゼントを贈ってくれた。バッグやアクセサリー、香水などだ。伊織が生まれたときもイタリア製の高価なベビーカーを贈ってくれた。

嬉しくないわけじゃない。気持ちはすごく嬉しい。

だけど、私はブランドバッグを持って出かける場所もないし、アクセサリーは伊織が引っ張るのも間違えて口に入れるのも困るので結婚指輪以外身につけない。伊織とべったり一緒なので香水もつけない。

ベビーカーだって、よく検討して蒼梧さんと相談して買いたかった。

蒼梧さんは私と伊織がどう暮らしているか知らない。だから、少し的外れなプレゼントがあったって仕方ないのだ。たくさんのプレゼントはきっと適当に選んだものじゃない。それを彼の愛情だと思わなければ。

(通じ合えないなんて思っちゃ駄目だ)

物理的な距離が私たちの心の距離をどんどん遠ざけていくように思える。

むなしさとも寂しさともつかない気持ちを抱えたまま、蒼梧さんに御礼《おれい》のメッセージを送り、伊織の誕生日を終えたのだった。


「そっか。それは愛生も寂しいね」

伊織の誕生日から数日後、私は芙美とカフェでお茶をしていた。よく晴れて暑いくらいの日だけれど、テラス席の日陰は心地よい五月の風が感じられる。伊織もベビーカーでぐっすり眠っている。

「寂しいなんて言えないよ。彼はお仕事を頑張っているんだもん」

私は苦笑いでアイスカフェラテのストローをくるくると回した。氷がからんと軽い音をたてる。

「愛生は気遣い屋だから、昔からそういうところあるよ。人に合わせて自分の意見を後回しにしちゃうの」

「でも……」

困らせたくないのだ。蒼梧さんを仕事と家庭で板挟みにしたくない。私が我慢して丸く収まるならそうしたい。

「仕事と家族だったら、最終的に家族を取るでしょ」

「そんな両極端な選択、させたくないよ」

「でも、寂しい、会いたいって気持ちはもっと口にしてもいいんじゃない？　それが愛生の本音でしょう」

私はぐっと詰まった。芙美の言う通りなのだけれど……。

「そんなふうに軽く言えるような関係になっていればよかった」

「……旦那さんの海外赴任、結婚一年経たないうちだったものね。年上だし、愛生が気おくれしちゃうのも仕方ないか」

それだけじゃない。私ひとりが蒼梧さんを好きなのではないか。そんな気持ちがあって、強く主張ができない。

夫婦なら当たり前でしょうという態度が取れない。そんな態度を取っていいのかもわからない。

「それでもね、愛生は言っていいんだよ。早く会いたいって。一緒に暮らしたいって。口にしないと伝わらないこともたくさんあるんだからね」

「うん、芙美、ありがとう」

ベビーカーの中で伊織がふにゃふにゃ泣き出した。私は立って抱き上げ、少しゆする。テラス席だけど、あまりうるさくはしたくなかった。

「芙美、愛生ちゃん?」

声をかけられ振り向くと、路上で男性がこちらを見ている。

「中泉くん」

「健二、こんなところでどうしたの」

私と芙美の声が重なった。芙美の大学の同級生の彼は、シャツにスラックスというスタイルでテラスに面した歩道にいる。

芙美が顔を険しくした。

「この前の飲み会で、今日愛生と会うとは言ったけど、まさか後をつけたりしてないでしょうね」

「まさか、俺も社会人だからそこまで暇じゃないよ。作家さんと打ち合わせの帰りだって」

今日お茶をしていたのは学生時代からよく使っていたカフェ。芙美が通っていた大学の近くにあるのだ。中泉くんにとってもなじみのある土地だし、偶然会ってもおかしくはないだろう。

「愛生ちゃん、お久しぶり。結婚したって聞いたよ。赤ちゃんも生まれたんだね」

「ええ、そうなの。おかげ様で」

「おめでとう。幸せそうで何よりだよ」

幸せという言葉に引っかかりを覚えてしまう。世間的に見たら私は幸せな女性にカテゴライズされるのだろう。だけど……駄目だ、こういうマイナス思考はいけない。

「今度みんなで食事しようよ。お子さんも連れてこられるように日曜のランチタイムとかにさ。どうかな」

「ありがとう。でも、子連れで参加は悪いから」

「気にしないよ。な、芙美」

「気にはしないけど、健二はぐいぐいいきすぎなのよ。愛生が困ってるでしょ」

中泉くんは慌てた様子で尋ねてくる。

「ごめんね、愛生ちゃん。困らせてた？」

「困ってないよ」

正直に言えば、断り文句を探していたのは間違いない。人見知りがある伊織を不特定多数の人と触れ合わせるのは、ちょっと悩むところだ。芙美の友人たちには親しくしてもらっていたけれど、もう何年も会っていない上に彼らは社会人。主婦の私と話が合うかもわからない。

私がはっきり言えないでいるうちに、中泉くんは張り切った様子で言う。

「それじゃ、ランチ会を計画するよ。芙美を通じて連絡するから」

「うん」

「ありがとう、それじゃあね」

中泉くんはあっさりと去っていった。社交辞令だったかもしれないとはいえ、きちんと断ればよかったと今更ながら考える。

「愛生、相手を気遣ってばかりだと面倒事に巻き込まれるからね」

芙美がふうとため息をついた。

「そうだよね。角をたてない断り方を考えているうちに話が進んじゃって。本当にトロいよね、私」

「誰にでもいい顔しなくていいんだよ。愛生の優先は旦那さんと伊織くんでいいの。健二の誘い、私が適当に濁しておくから」

「ありがとう、芙美」

頼りになる友人に感謝だ。


翌日、伊織の離乳食と私の朝食を済ませ、掃除機をかけていた。伊織の機嫌がいいうちに家事を進めておきたい。ふたり分とはいえ、洗濯もサボれない。伊織は毎日食べこぼしなどで一、二度はロンパースを替えるし、ガーゼのハンカチの使用頻度も高い。

十時頃、スマホが振動した。蒼梧さんからメッセージのようだ。あちらは夜のはず。家でくつろいでいる頃だろうか。

開いてみて驚いた。

スマホで撮ったと思われる写真だ。写っているのは黒い髪の外国人女性。オフショ

ルダーの服を着て、くつろいだ様子で誰かに寄りかかっている。その寄りかかってい
る人物はどう見ても蒼梧さんなのだ。顔は半分くらいしか写っていないけれど、生え
際や耳の感じ、ワイシャツを着ていてもわかるたくましい体躯《たいく》は蒼梧さんだ。
どうやら、女性が自撮りした写真のようである。
蒼梧さんと写真を撮り、それを妻の私に送りつけてくる。なんてわかりやすい宣戦
布告だろう。
そして、蒼梧さんはおそらくすでにこの女性と深い仲なのだ。背景から外食ではな
く、誰かの家なのだとわかる。彼女はべったりと蒼梧さんに身体を預け、自信満々の
笑みでこちらを見ている。顔がよく写っていない蒼梧さんも彼女を拒否していない。
この写真を撮られたことはわかっても、彼女が勝手に私に送るとは思っていなかっ
ただろう。いや、それすら自由にさせていたとしたら彼も私と別れたいのだ。
涙が出ない。ショックで身体が動かないし、指先ひとつ動かすのが苦しい。
蒼梧さんに現地妻がいる。蒼梧さんが私を裏切った。
ついていけなかった私が悪いの？　それともやっぱり私では妻に相応しくなかっ
た？
あちらで恋する人と出会ってしまった？

だから、私はもういらないの？　私とあなたの息子はどうしたらいいの？

「だーっ、まーっ！」

足元にはハイハイで寄ってきた伊織。私をじっと見つめている。その顔を見て、ようやく正気に戻った。

「伊織、ごめんね」

私はスマホを置いて、伊織を抱き上げた。

私には伊織がいる。何があってもこの子を守り、大人にしてあげなければならない。呆《ほう》けている場合じゃない。

「離婚しよう」

蒼梧さんと離婚するのだ。不倫をした人と夫婦を続けられない。

私が至らなかった部分があったとしても、夫婦関係を解消する前に別の女性と関係を持ったなら許せることではない。

気が弱い私にしては強い感情だった。

息子を守るためなら、母は強くなれるのだと実感する。

「絶対に離婚する」

決意に満ちた声で言い、私は伊織を抱きしめた。可愛い伊織。ママと生きていこうね。ママはあなたがいればいい。

その日の夜、蒼梧さんは写真の送信を取り消した。もう遅い。私はスクリーンショットを撮っている。

それから、メッセージが続く。

【変な写真を送ってすまなかった。同僚のホームパーティーに呼ばれ、泥酔しているうちに勝手にスマホをいじられてしまった】

ホームパーティーとはよく言ったものだ。女性に誘われ家に行ったとしても、ホームパーティーと言い張れるだろう。

【同僚のいたずらだ。どうか誤解しないでほしい】

私は静かにそのメッセージを見つめた。

内心は暴風雨が渦巻いていた。怒りと悲しみと苦しさ。だけど、それをぶつける相手は遠い外国にいる。不倫相手とともに。

ここで騒いで証拠隠滅をされて離婚に不利になっては困る。

そう冷静に考えられる程度にはなっていた。

【そうですか】

ひと言だけ送り、私はスマホを置いた。

蒼梧さんにとって私と伊織はいつから不要だったのだろう。この女性と結ばれてから？　それとも最初から私に興味がなかった？

そっけないメッセージは彼が不器用だからだと思っていた。プレゼントが的外れなのも彼なりに考えてくれたのだから通じ合えないなんて考えては駄目だと思っていた。

だけど、蒼梧さんの心がとっくに離れていたなら仕方ない。

「伊織、お風呂入ろうね」

「たーい」

伊織には笑顔で接しよう。大事な存在はたったひとりでいい。

もうそう決めたのだ。

蒼梧さんの一時帰国の日程が正式に決まったのはそれから間もなくだった。

4

八月、蒼梧さんが一時帰国する。

様々な事情があったとはいえ、日本に戻ってくるのは一年八ヶ月ぶりだ。私との再会も一年八ヶ月ぶり。伊織とは初対面になる。

この期間、蒼梧さんとはメッセージのやりとりがほとんど。声を聞いたのは数えるほどだ。女性の写真の件も、弁解の電話などはなかった。話はもう済んだと思っているのかもしれない。

写真は伊織の写真をこまめに送っている。たまに伊織と私のツーショットも送っていたが、例の件より私の写真は送っていない。彼自身は身の回りや自分自身を写真に撮るつもりがないようで、私が彼の姿を目にしたのはあの女性が勝手に送ったという写真に見切れていた彼だけ。

蒼梧さんはこの一年八ヶ月の間に昇任し、警視から警視正になった。一等書記官として赴いていたのが参事官という立場になったそうだ。出世は素晴らしいことだと思うけれど、もう私には関係のないことかもしれない。

必要最低限のやりとり以外、連絡はしていない。蒼梧さんが成田に到着した時分、私は部屋を掃除し、夕食を作っていた。歓迎するつもりはなくても、普通にはしておくべきだ。

離婚について話し合うのはいつがいいだろう。

あの日のスクリーンショット以外に彼の不貞の証拠はない。もう少し調査をしてからの方がいいだろうか。それなら、正式な帰国を待つべきだ。

彼の荷物などを漁《あさ》るのは気が引けるけれど、あんな写真を送ってきた相手女性なら、私がわかるような〝挑戦状〟が彼の荷物にあるのではなかろうか。

証拠を用意した上で、離婚の話し合いをすべきだ。

そう、もし不貞の事実がなくても、蒼梧さんは私と息子にさほど興味はないだろう。だから長く離れていても平気だったのだ。私の感じた寂しさを彼は理解できない。

最初からそういう関係だったのだ。メリットのあるお見合い婚。納得はしていたけれど、今となっては間違っていたとも思う。別れた方がいい。

実家に戻って、私が働いて伊織を育てよう。

温めるだけで済むのでカレーを作り、ボウルいっぱいのサラダは冷蔵庫で冷やしておく。デザートにスイカを用意したのは、伊織がスイカ好きだから。一歳三ヶ月になった伊織は離乳食も完了期。なんでもよく食べてくれる、アレルギーも今のところは出ていない。

十七時、まだ明るい光の差し込む居間で伊織と遊んでいるとドアチャイムが鳴った。

鍵を開けると、そこには一年八ヶ月ぶりに会う蒼梧さんの姿。

不覚にも泣きそうになった。三十六歳になった蒼梧さんは、別れたときよりいっそう男前になったように思える。男性らしいたくましさは変わらず、流麗に整った顔立ちに渋みが加わり、魅力が増したように思える。そして私を見る目の優しさ。

変わっていない。別れたときと同じ愛情あふれる視線だ。

すぐに思い返す。違う、この人は私と伊織を裏切っているのだ。心を許しては駄目。

「愛生、伊織」

彼の低い声が私を呼ぶ。その響きに胸が痛む。

「おかえりなさい」

「ただいま」

そう言うと蒼梧さんは荷物を玄関に放り出し、私ごと腕の中の伊織も抱きしめた。

彼の匂いを鼻孔に感じ涙がにじんだ。

「やっやー!!」

すかさず伊織が拒否の声をあげる。伊織からしたら、蒼梧さんは知らない男性だ。テレビ電話などはしたことがないし、写真を見せたところで理解していない様子だった。

さすがにその反応は蒼梧さんに悪いと思い、伊織を見下ろして言う。

「伊織、パパよ。伊織のパパだからね」

「なあ、やあー!」

伊織は私の腕の中でジタバタ暴れ、泣き出した。蒼梧さんが抱擁を解いた。

「ごめんな、伊織。最後に会ったとき、きみはお腹の中にいたからな。驚かせたね」

そう言って伊織を見つめる瞳は、どこまでも優しい彼のものだ。

ほだされては駄目だ。私は離婚を心に決めているんだから。必死に自分を叱咤《しった》する。

「暑いですし、中へ。お夕飯できていますが、先にお風呂に入られますか?」

「ああ、風呂に入るよ。ありがとう、愛生」

私の表情や態度が硬いと彼は気づいているだろうか。離婚を切り出すタイミングに悩んでいるとはいえ、別れる相手に愛想よくも振る舞えない。

入浴を終えた蒼梧さんが居間に戻ってきた。ちょうどオムツを替え終えた伊織は、蒼梧さんを見ると不器用によちよち歩いて逃げ出した。

「伊織、ズボンはこうよ」

「やー！」

伊織は蒼梧さんが怖いようだ。いきなり自分のテリトリーに入ってきた大人の男性だ。

すると、蒼梧さんは床に座り、伊織に呼びかけた。

「伊織、パパだよ。きみからしたら知らない人だけど、俺はきみの写真をたくさん持ってるし、きみに会いたくて帰ってきたんだ」

伊織は蒼梧さんが贈ってくれた滑り台のおもちゃの陰に隠れてこちらを見ている。

「慣れればこちらに来ると思います。うちの父やお義父《とう》さんも、たまに会うとしばらくはあんな感じですから」

「ずいぶん、きみと伊織から離れていたからな。仕方ないさ」

そう言いながら、少しだけ寂しそうにも見える蒼梧さん。

「愛生、綺麗になったね。離れたときは二十二歳だったきみが二十四歳か」

「はい」

「妊娠出産期間に傍にいてやれなくてすまない。育児もずっとひとりでさせてしまったな」

「いえ、大丈夫です」

どうしても受け答えが硬くなってしまう。蒼梧さんの顔が見ていられなくて、視線をそらした。

「お腹が減っていませんか？　少し早いですが、お夕食にしましょうか」

「ああ、ありがとう」

伊織は警戒して蒼梧さんから離れて遊んでいる。視界に入れながら、カレーを温め直し、食器を準備した。

蒼梧さんも伊織から離れて見守っている。本当は抱きしめたいんだろうなというのが表情から伝わってくる。

蒼梧さんは変わっていない。少し不器用だけど、一生懸命愛情を示そうとしてくれている。

だからこそ、それがただの責任になっているのではないかと思うのがつらい。

蒼梧さんは女性と関係があった。私の知らない外国人女性を抱いていた。勝手に携帯を触れるくらい近しい関係の女性は、アルゼンチンで彼の帰りを待っているのだろうか。

一時帰国を終え、向こうに戻ったら、また彼女と逢瀬《おうせ》を重ねるのだろうか。十二月に正式帰国となったら別れるの？　それとも日本に連れ帰って愛人待遇にでもする？　むしろ、私と伊織の方が新生活に邪魔？

「いい匂いがするな。カレー？」

ハッと顔を上げると、ソファから蒼梧さんが私を見ている。

「はい、そうです」

「嬉しいな。日本のカレーは久しぶりだ。現地で日本食も食べたけれど、やっぱり味が違ったよ」

穏やかな声で言われ、この人は私が離婚を考えているなんて思いもよらないのだろうと思った。いや、あの写真のことは本人だってわかっている。それなら、これは表面上の当たり障りのない会話なのだろう。

「すぐ、準備します」

視線をそらし、炊飯器の方へ向かった。

伊織の分は野菜を細かくし、子ども用のルーで味付けしてある。大人分は、普通の中辛のルーだ。サラダも伊織は温野菜を細かくしたもの。

「いただきます、しようね」

「まし！」

伊織は私を真似て両手を合わせていただきますのポーズを取る。最近はこういった真似っこがとても上手になってきた。私の言葉もかなり理解しているようで、成長が嬉しい。

まだ上手に食べられないけれど、プラスチックの食べこぼし受け皿付きスタイをし、一生懸命スプーンを握る。途中からは私がスプーンで口に運んであげるようにしている。飽きる前に食べさせるのがポイントだ。

私と伊織のいつもの奮闘を蒼梧さんはじっと見ていた。

「愛生はゆっくり食べられないな」

「幼児と一緒ですから、こんなものですよ」

「俺が代わろうか……」

そう言って蒼梧さんが伊織を覗き込むと、伊織は固まってしまう。まだ警戒しているのだ。蒼梧さんは伊織の表情から察し、諦めたようだ。

「一時帰国のうちに少しでも慣れてくれるといいな」

何も答えられず、私は伊織に話しかけながらカレーを食べさせた。冷めた自分のカレーはその後に急いで食べてしまう。

「愛生はたくましくなった。母は強しという言葉の意味がわかるよ」

食後にお茶を淹《い》れ、伊織のオムツを替えていると蒼梧さんが言った。

何を言っているのだろう。私は必要なことをしているだけ。それとも、母として所帯じみた私には魅力がないのだろうか。

考えてみれば、蒼梧さんが新婚当時私を毎晩のように抱いていたのは、男性としての当然の欲求だったのだろう。若い女性の肉体がそこにあれば、抱きたいと考えるのは男性なら当たり前のこと。

愛されている、大事にされているなどというのは、思い込みだ。

暗い気持ちが止まらない。蒼梧さんが誰より遠い人に感じられる。

すると、伊織がすっくと立ち上がった。自分のおもちゃ箱に行き、そこから車のおもちゃを手にする。一番のお気に入りのダンプカーだ。

とことこと歩み寄ったのは蒼梧さんの足元。

「あい」

伊織は蒼梧さんにダンプカーのおもちゃを差し出した。

蒼梧さんが目を見開く。

「あい」

蒼梧さんに受け取ってほしいようで、伊織はもう一度大きな声で言った。どうやら伊織はこの闖入者《ちんにゅうしゃ》を認めたようだ。友好の印を渡そうとしているのである。

「ありがとう、伊織」

蒼梧さんは目を細めてダンプカーを受け取った。ものすごく嬉しそうな顔をしている。

「愛生、伊織にもらったよ」

「……それ、伊織のお気に入りの車です」

「パパだと認めてもらえたら嬉しいな」

驚いたことに蒼梧さんの瞳がかすかに潤んでいた。我が子に拒絶されて、蒼梧さんも傷ついていたのだろう。

私は伊織を抱き上げ、思い切って蒼梧さんの膝に乗せた。

伊織は向かい合わせで蒼梧さんを見上げ、じっと見つめている。拒否はもうしていないが、観察しているようだ。蒼梧さんの方が緊張した顔をしている。

「愛生、子どもと触れ合うのは初めてなんだ。どこを支えたらいい？」

「腰のあたりを」

蒼梧さんは言われるままに伊織の腰に手を添え、息子の顔を覗き込んだ。

「伊織、パパだよ」

「あーう」

伊織はお喋りを始めた。機嫌がいいときによくひとりでも喋っているけれど、今は蒼梧さんに話しかけるみたいに口を開いている。

蒼梧さんは伊織の言葉に何度も相槌を打っていた。まったく通じ合っていないのに、誰よりも通じ合っているように見えた。このふたりは間違いなく親子。親子なのだ。

その後、伊織はすっかり蒼梧さんに慣れ、寝るまでの間一緒に過ごした。

蒼梧さんも伊織の一挙手一投足を大事そうに眺め、会えなかった時間を埋めるように、傍にいた。

二十時前、お風呂が終わると伊織はこてんと眠ってしまった。いつもは寝る前にひと騒ぎするのに、くたびれたようでたいした寝かしつけもしないうちに夢の中だ。

寝室の和室に行き、赤ちゃん用の布団に伊織を寝かせる。蒼梧さんは伊織が健やかな寝息を立てて眠りにつくのを見守っていた。

「可愛いな」

「はい」

「知らなかった。我が子というのはこんなに可愛いものなのか。想像していた伊織の何百倍も可愛いよ」

しみじみと言う声は幸せそうだった。この幸せはぬか喜びに終わる。私は離婚するつもりなのだから。

「愛生」

「はい」

「ここまで伊織を育ててくれてありがとう。あと四ヶ月で、この家に戻ってこられる。それからは一緒に育児をしよう」

なんと答えたらいいだろう。ここは笑顔で嬉しいですとでも言えばいいのに、嘘をついているようでできない。

「愛生」

私を呼ぶ彼の声の熱量に変化があった。腰がぞくりとするその呼び方……。

「蒼梧さん……?」

「やっとこちらを見てくれた」

常夜灯の橙色《だいだいいろ》の光の下、蒼梧さんの美貌を妖しく浮かび上がらせる。色香のある瞳が私を射貫《いぬ》いている。

「愛生、ようやくきみに会えた」

「あの……」

「きみに触れる日を夢見てきた。長い間」

情念すら感じる声音に、知らず膝で後ずさりしていた。しかし、蒼梧さんの手が私の肩をつかんでいる。

「もう我慢できない」

言葉と同時に強引に唇を重ねられた。獰猛《どうもう》なほどのキスに一瞬混乱する。

私は知っている。いつも優しい蒼梧さんが、褥《しとね》の中では激しく求めてくることを。

「待って……！」

「待てない」

何度もキスを繰り返され、きつく抱きしめられ、力が入らなくなっていく。情けないことに、私の身体は喜んでいるのだ。やっと会えた蒼梧さんに抱かれたがっているのだ。あの頃のようにぐずぐずにとろけさせてほしいのだ。

大きな手が私の背を撫で、身体を這《は》い回《まわ》りだす頃には甘い吐息が漏れていた。

「愛生」

美しい瞳が私に尋ねている。抱いていいか、と。

「蒼梧さん……！」

彼の首に腕を回してねだってしまった私は、情けないほどに意志が弱い。

約二年ぶりの逢瀬だった。

じっくりと互いを確かめ合うようなゆとりのある行為ではなかった。彼は夢中だったし、私も何も考えられなかった。伊織を起こさないように声を抑えるのに必死。蒼梧さんは容赦なく求めてくる。

嵐のような行為を終え、夜半私は布団にうつ伏せに横たわり放心していた。

なんてことだろう。離婚を考えている夫と、激しく求め合ってしまった。

「愛生、好きだ。愛しているよ」

蒼梧さんが私を抱き寄せ、優しくささやく。その声にはまだたっぷりと愛欲が含まれていて、彼がまだまだ足りないのだとわかる。

そして、彼の甘い声に私も腰が疼くし、身体がわなないてしまう。

だけど……。

「蒼梧さん！」

私は意を決して身体をがばりと起こした。

起こしてから声が大きすぎたと口を押さえ、さらには腰が痛んでうめいた。

「愛生、久しぶりなのに激しくしすぎたよな。すまない」

「そ、そうじゃなくて！」

私は蒼梧さんの胸を押し返し、言った。

「私……あなたと離婚したいと考えています！」

蒼梧さんがぽかんと私を見ていた。こんな驚いた顔初めて見たというくらい。

彼からしたら、たった今熱い愛を交わした妻に離婚を申し出られている状況である。

ぽかんとしても当然だろう。

「すまない……思い切り……抱いてしまった」

呆然《ぼうぜん》と言う声と見開かれた目、そしてそのなんとも素直な言葉に妙な空気が流れた。

「いえ、私も拒めず……ご、ごめんなさい」

腕を回して抱き寄せ、散々ねだっておいて、私もどの面下げてそんなことを言っているのだろう。恥ずかしさで全身が熱い。ぽかんとする蒼梧さんと真っ赤な私、端から見たらコメディみたいに間の抜けた状況だ。

「離婚した方がいいです」

話を進めたくて、私は必死に厳しい口調に戻る。

「長く離れている間に、あなたの心も変わってしまったでしょうし！」

「いや、心変わりしたなら、こんなことしない……」

「私はもうあなたに必要ではないでしょうし！」

「必要だ。きみも伊織も」

蒼梧さんは考えるように視線をさまよわせ、それから頷いた。

「やはり、あの写真か。彼女、ミランダとのことなら誤解だ。本当に何もない」

信じられるものですか。私は唇をぎゅっとかみしめ、うつむいた。

「政治家の娘で、現地採用職員なんだが、日本が好きで日本人と結婚したくて相手を探しているようだ。俺は妻子がいると断り続けている」

蒼梧さんがはっきりと言いきった。ちらりと彼の顔を見上げると、ものすごく真剣な表情をしていた。

そんな顔したって、潔白の証拠はどこにもない。もちろん、それは悪魔の証明。不倫の証拠だって、あのスクリーンショット一枚きりなのだ。

「それでも……こんなに長く離れていて……あなたは全然平気そうで……。私はもう、あなたとうまくやっていける気がしません」

振り絞るように言ったところで、伊織が声をあげた。起きてしまった。私は慌ててパジャマの上だけ羽織って、ミルクを作りにいく。夜間、どうしても一回はミルクを飲みたがるのだ。

ミルクを作って戻ってくると、蒼梧さんが泣きわめく伊織をあやしていた。伊織を受け取り、哺乳瓶をくわえさせる。伊織は寝ぼけたまま哺乳瓶をがっちりと持ち、ごくごく飲み始めた。

ふたりで伊織を見つめていると、蒼梧さんが口を開いた。

「すべては俺の責任だな」

重々しく、決意に満ちた声だ。

「愛生を孤独にし、育児を任せっぱなしにしたせいだ。不倫を疑われるのも無理はない」

やっと認めるのか。それなら、私たちはやはり終わりだ。

「電話もろくにせず、メッセージもいつも簡素だったな。プレゼントも、もしかしたら気が利かないものばかり贈っていたのかもしれない。きみにとっては役に立たない夫だ。別れたいと言われても仕方ないだろう」

「あなたは色々考えてくださっていたのだと思います。でも、私は……」

「俺は別れたくない」

その言葉は力強かった。結婚をしないかと私に持ちかけたときも、初めての夜も、こんなに強い口調ではなかった。蒼梧さんは鬼気迫るといっても過言ではない表情で私を見ていた。

「あの……離婚は……」

「したくない。俺は、愛生が好きだから」

「え、あ、あの……」

「きみと伊織と三人で仲良く暮らしていきたい。伊織の弟か妹も産んでほしい」

穏やかで紳士な年上の旦那様だったはず。そんな彼の初めて見せる姿。駄々でもこねているのかというくらいの強硬な姿勢に面食らってしまった。

「とはいえ、今も言った通りきみに愛想を尽かされかけているのは俺が悪い。だから、俺はここからすべてをかけて挽回《ばんかい》するために努力を開始する」

「え？　努力ですか？」

「きみにもう一度愛してもらえる努力。伊織の父親として認めてもらえるための努力」

そう言って、蒼梧さんは私をまっすぐに見つめた。

「まずは一時帰国の今日から一週間、徹底的にきみにわかってもらう」

「なに、を」

「俺が愛生を失いたくないという気持ちを」

あっけにとられる私の腕から蒼梧さんは伊織を受け取る。伊織はすっかりミルクを飲み終えていた。蒼梧さんの腕の中でけぷっと可愛いげっぷをして、すぐに眠ってしまった。

「こんなに可愛い息子も、愛する妻も、手放せるわけがないだろう」

真剣な横顔に私はもう何も言えなかった。

私のことも伊織のことも、さほど大事ではないと思っていた。家族としての責任だけなのだろうと思っていた。

どうやら、蒼梧さんの胸の中には熱く激しい想いがあるようで、私はまだその一端を見ただけなのかもしれない。

一時帰国の一週間、蒼梧さんはひたすら私と伊織に時間を費やした。基本は休暇なので、職場には顔を出す程度でいいそうだ。他の時間は今までの不在を埋めるかのように私たちと過ごした。

もともと家事もできる人だったけれど、私が伊織を見ている間に掃除や洗濯を済ませ、食事まで作ってくれるのには驚いた。食事作りは苦手で洗い物担当と言っていた彼が、簡単な自炊ができるのだ。向こうで習ったという豆の煮込み料理などは、とても美味しかった。私は私で『あの女性に習ったのかな』なんて意地悪な気持ちにもなったが口にしなかった。

私が食事を作るときは伊織を見ていてくれた。始終いたずらをする伊織を気にせずにキッチンに立てるのは想像以上に嬉しいことだった。料理が好きというわけではなく、子どもの安全を気にせずに自分の作業に集中できるのがストレスフリーなのだと知った。

「俺がいる間くらいはきみを休ませたい」

一方でずっとワンオペ育児だったので、ここまでなんでもしてもらえると手持無沙汰も感じていた。そしてやはり意地悪な感情で『今更必死になられても』と思ったのは事実。私の気持ちは離れているんだから……。

という決意をしながら、私は毎晩蒼梧さんに求められるのを拒否できなかった。

伊織が眠った後、待ちきれないというようにキスをされると、私の心とは裏腹に身体は勝手に彼を求めてしまう。離婚を決意し、彼にもそう伝えたのに。

蒼梧さんは私を手放す気がないという意思を示すために、激しく私を求める。むしろもっと夢中にさせたいのか、時間をかけて何度も愛を刻み付けてくる。

「駄目……私は離婚を……」

「俺は離婚したくない」

行為が始まる前に言うけれど、情熱的な言葉に負けて気づけば愛欲の渦に巻き込まれ、彼にしがみついて声をあげ続けるだけになってしまう。

我ながらなんて情けないのだろう。チョロい女とはまさに私のことだ。

彼を愛して待ち続けていた女の部分が、際限なく愛情をほしがる。離さないでほしい。もっと求めてほしい。

私は離婚をしたくて彼と話し合わなければいけないのに。流されている場合じゃない。

自分に怒りながら、彼の腕の中で翻弄される幸せも思い出してしまう。あの頃よりもっと情熱的な夜の連続に勝手な思考が回りだす。やっぱり蒼梧さんは浮気なんかしていないんじゃない？　信じて、こうして抱かれ続けていればいいんじゃない？

何を言っているの。快楽に惑わされては駄目。

自分が楽だからって男性の都合のいい愛情を信じようとするなんて馬鹿だ。

頭の中はずっと葛藤状態だった。

そうして、一週間は瞬く間に過ぎ去っていった。

「四ヶ月待っていてくれ」

玄関で伊織を抱いて蒼梧さんを見送る。蒼梧さんは私の頬を撫でて、優しくささやいた。低く美しい声は年齢を重ねた分つややかで、毎夜与えられた甘い言葉が思い出されてぞくぞくする。

「私の気持ちはまだ……」

昨晩も激しく愛し合っておいて、何を言っているのだろうと自分で思うけれど、身体でごまかされてしまってはいけない。蒼梧さんと離れていた一年半、私はそれなりに寂しい想いも大変な思いもした。その上で離婚した方がいいと考えている。

蒼梧さんは伊織の頭をくりくりと撫でた。一週間で、伊織はすっかりこの人がパパであると認識したようだ。抱っこしてほしそうに蒼梧さんに向かって腕を伸ばしている。

「結婚したばかりの頃は、年下でまだ幼さの残るきみに無理はできないとずっと思っていた」

蒼梧さんは静かに言う。

「日常生活も、夜も、きみに遠慮をしていた。きみもそうだっただろう。だけど、その遠慮がきみとの距離を生んだように思う」

戸惑う私の髪に触れ、蒼梧さんは顔を近づけた。唇が重なる。

それから、蒼梧さんは私の腕の中の伊織のおでこにもキスをした。

「もう遠慮はしない。四ヶ月後は覚悟してくれ」

「蒼梧さん」

「きみがどうしても離婚したいというなら、俺が帰国してからもう一度話し合おう。俺はきみの気持ちが変わるように尽くす」

蒼梧さんは薄く微笑み、玄関の戸を開けた。

「行ってきます」

「……行ってらっしゃい」

「たーた！」

私と伊織に見送られ、彼は出かけていった。

5

「なるほどねえ。それで許したくなっちゃったか～」

十一月末、私は久しぶりに芙美に会っていた。今日は芙美が家まで遊びにきてくれている。

五月の蒼梧さんの現地妻疑惑の直前に会って、疑惑については電話で相談していた。

「浮気疑惑が出たときに『本人を問い詰めろ』とは言ったけど、身体で丸め込まれるとは……」

「言い方が悪いってば。否定できないけど」

一時帰国時に離婚を切り出し、拒否されてめちゃくちゃに愛されたという報告をしている。八月から十一月まで芙美が大きなプロジェクトに関わっていたため、報告が今になってしまった。

結果、身も蓋もない言い方をされているのである。

「仕方ないよね。愛生には初めての人だもん。ひと回り近く年上でイケメンで経験豊富な夫に、甘く抱かれたら逆らえなくなっちゃうか」

「そこまで意志が弱くはないんですけど」

現に離婚は保留状態だ。私の中ではこの四ヶ月も離婚について考え続けている。

「現地妻についてはどうなの？　旦那さんの言葉を信じるの？」

「それも考えてる。実際に関係があったかどうかを調べるのは難しいと思うし」

私が疑念を持っていると蒼梧さんに知られる前なら、彼の荷物やスマホに証拠が残っていたかもしれない。しかし、私が疑念と離婚を口にした今、彼は離婚を阻止するために動くだろう。もし、本当に浮気をしていたら、その証拠は隠滅するに決まっている。

「愛生の中に信じたい気持ちもあるの？」

「……うん。たぶん」

私は答えてうなだれた。

「蒼梧さんに誤解だと言われて、信じたいって思っちゃった。私が彼を好きだからだね。こういうところがチョロい女だなって自分で思う」

「あーもう、そんなに卑下しないの」

芙美がテーブルを回り込んで私の頭を撫でた。

「恋は人をおかしくさせるからね。むしろ、愛生がお見合いで結ばれた旦那さんに真剣に恋をしているのは素敵なことだよ」

するとそこにてちてちと歩み寄ってくるのは伊織だ。さっきまで車のおもちゃに跨《また》がり、居間を疾走していたのに。

「どじょー」

どうぞのつもりなのだろう。

芙美にクマのぬいぐるみを持ってきた。芙美がぬいぐるみごと伊織を抱き上げる。

「こんなに可愛い伊織くんも授かってさ。愛生が旦那さんを好きで、向こうも愛生と離婚したくないなら今回の疑惑には目をつぶって仲良くやるのはどう？」

「うん……」

離婚を思いとどまる要素はそろっている。

蒼梧さんは間もなく帰国するし、私と離婚はしたくないと言っている。浮気は誤解で、私以外と性的な関係は持っていないとのこと。伊織を可愛がってくれているし、この先伊織のためにも父親といられた方が幸せかもしれない。

それなのに私の口から出た言葉は矛盾したものだった。

「もう少し、考える」

芙美が私の顔を覗き込んでくる。

「離れていた時間が引っかかるんだね」

「うん……」

浮気疑惑を抜きにしても、二年離れていた人だ。その間、本当に私と伊織が必要なのかと疑ったのは一度や二度じゃない。私だって軽々しく離婚を決意したわけじゃない。

「信じたいけど、信じていいかわからない。一緒に暮らしてみて、考える」

もう一度生活をともにすることで、見えてくるものもあるかもしれない。彼にとっても私にとっても、この結婚生活が継続可能なのか判断する時間はいると思う。

「いいと思うよ。身体で落とされそうになったら、一度私のところへ逃げておいで」

そう言ってケラケラ笑う芙美に私は赤面するばかりだ。本当に芙美を頼った方がいいときもあるかもしれない。あの一時帰国の一週間だけでも、へとへとになるほど毎晩愛されたし、帰国したら覚悟しておいてくれと蒼梧さんは言った。そして私も大好きな人に触れられると、あっという間にすべてを明け渡したくなってしまうのだ。

「う、うん。困ったらお邪魔するね」

「旦那さん絶倫ってだけじゃなくて、離婚阻止のために第二子を仕込もうって考えてるかもよ。あはは」

避妊はしてもらっているけど……と思いながら、その可能性も今後は考えるべきなのだと愕然とした。

「私の強い意志が大事だね」

「うーん、旦那さんの方が意志が強そうだけど」

気合を入れて拳を握る私に、芙美がのんきに答えていた。


十二月、蒼梧さんの帰国だ。

職場には寄らないというので、私は伊織を抱《だ》っこ紐《ひも》に入れ、空港まで迎えにいった。羽田《はねだ》空港に到着するというので、迎えにいきやすかったのも理由だ。

蒼梧さんの帰国に合わせて、熊本から義両親が出てきてくれている。今頃は家で帰国祝いパーティーの準備をしているだろう。うちの両親も来てくれる。

この四ヶ月間、蒼梧さんからは毎日のようにメッセージが届いた。以前は私が送らなければ音沙汰がなかったのに、彼から連絡がある。職場や現地の風景の写真も送ってくるのだ。

送別会を開いてもらったそうで、その写真には現地スタッフとして例の彼女も写っていた。ミランダという女性だ。

悪びれず写真に入れているところを見ると、やはり何もなかったのだろうか。いや、まだ解決したと思わない方がいい。

国際線ターミナルから蒼梧さんが出てきたとき、思わず息を呑んだ。蒼梧さんが帰ってきたという実感が本人を見てようやく湧いた。四ヶ月、私自身が彼を待ちわびていたのだと痛感する。

「愛生、伊織」

蒼梧さんが私たちの名前を呼び、足早に歩み寄ってきた。

「蒼梧さん、おかえりなさい」

私の言葉が終わる前に抱き寄せられた。人前でこんなことをする人ではなかったのに。恥ずかしくて、かーっと頬に熱がのぼる。

「そ、蒼梧さん、人がいますので」

「家に帰ったら、俺の両親ときみの両親がいるから、抱きしめられないだろう」

「でも、公共の場で……」

蒼梧さんは身体を離して、微笑んだ。今までよりワイルドに見えるのは気のせい？

「キスをしなかっただけ我慢したと褒めてほしいんだが」

「だ、駄目ですよ。帰りましょう」

「ぱーぱー！」

伊織が叫ぶ。パパと聞こえるけれど、たぶん本当にパパだと理解しているのだろう。

「伊織、ただいま。ママといい子に待っていたか？」

「あー！」

蒼梧さんは伊織を覗き込み優しく語りかけ、伊織は伊織でしっかり返事をしている。

親子が会話している姿に不覚にも感動してしまった。離れていた期間が長くても、ふたりはちゃんと通じ合っている。

「さあ、帰ろう。これからはずっと三人一緒だぞ」

蒼梧さんはさわやかで明るい笑顔だ。こんなに表情が豊かな人だったかしら。

私は妙なドキドキを覚えながら、タクシーに乗り込む。

家では義両親と両親が待っていてくれた。

家族がそろってのパーティーが始まる。皆で食事をし、蒼梧さんの二年間の話を聞いた。お仕事の詳しい話は私にはよくわからなかったけれど、省庁勤めだった親世代には伝わるらしい。

もちろん仕事の話だけではなく、現地の風土や食べ物の話なども聞いた。蒼梧さんが慣れない自炊を頑張り、多少料理ができるようになったという話も。

両親たちは皆『私たちの方が伊織くんに詳しい』という自慢気な様子で、伊織のあれこれを蒼梧さんに教える。

蒼梧さんの赴任中、義両親にも両親にも支えられて育児ができた。そういう意味では私は恵まれていたと思う。

「皆さん、俺がいない間、愛生と伊織を助けてくれてありがとうございました。これからは俺が頑張ります」

蒼梧さんは当たり前のように請け負った。私が離婚を切り出したことなど一切にじませない。私も無駄に心配をかけたくないので、そういった不穏な気配は出さなかった。

食事が終わると、伊織はくたびれたのかぐずり出した。お昼寝が遅れているせいもあるだろう。

「俺があやすよ」

そう言って蒼梧さんは伊織を抱き上げる。

「少し近くまで歩いてこようかな」

「それなら抱っこ紐がいいかもしれませんよ」

私はぐずる伊織にカバーオールを着せ、蒼梧さんのサイズに腰ひもと肩ひもを調整して抱っこ紐をつけた。伊織を中に入れると、伊織は普段と違うと言いたげに「うわあああん」と泣き声をあげた。

「ぐるっと回ってくるよ」

そう言って出かけていった蒼梧さん。

ドアが閉まると、お義母さんがぼそっと言った。

「あの子、伊織くんのパパぶろうと必死ね」

お義父さんも頷く。

「生まれてしばらく会えなかった罪悪感もあるんだろう」

「でも、仕事ですからね。私たちの商売にはよくあることですよ」

うちの父が言い、母が反論した。

「そうかもしれないけど、現代的じゃないのよ。今は仕事優先で家族を蔑《ないがし》ろにする時代じゃない。蒼梧さんはきっと愛生と伊織くんと海外赴任をしたかったでしょうに、私の病気のせいで……」

「お母さんのせいじゃないよ」

慌てて私が言い、お義母さんも言い添えた。

「そうですよ。なかなか帰国できなかったのは運が悪かったですし、これから先はあの子も家庭のことを頑張るでしょう。……愛生さん、蒼梧がとんちんかんなことをしでかしたら言って。困ったことがあったら相談してね」

ありがとうございます、と頷きながら蒼梧さんはとんちんかんなことなんてしないだろうなと思った。

三十分ほど経っただろうか。食事の片付けをしお茶を飲んでいると、遠くから赤ちゃんの泣き声が聞こえてきた。やがてその泣き声は近づき、我が家の前までやってくる。

「伊織の声」

玄関に出迎えに出ると、蒼梧さんが泣きじゃくる伊織とともに帰ってきた。抱っこ紐ははずしてしまっている。

「すまない、愛生。全然寝てくれなかった」

蒼梧さんはがっくりと肩を落としている。どうやらこの三十分泣き通しだったようだ。

「暑いのかと抱っこ紐をはずしたり、襟元を開けたりしたんだけど、効果がなかった」

「そういうときもありますよ。眠くてぐずり出すと、自分でも不快感の正体がわからなくて泣き続けちゃうんです」

「この前は俺でも寝かしつけられたから、大丈夫だと思ったんだ」

めずらしく困惑の表情の蒼梧さん。よほど、ショックだったのだろう。

一時帰国のときは、確かに何度か寝かしつけをしてくれたけど、ミルクを飲ませた後や夜中で寝ぼけているときだったから成功したのかもしれない。

「蒼梧、これから修行だわね」

お義母さんが楽しそうに言い、両親たちは声をあげて笑っていた。


義両親は三日間滞在し、熊本に戻っていった。

羽田空港でふたりを見送る。伊織に飛行機を見せようと、デッキに向かった。蒼梧さんを迎えにきたときは、緊張でそれどころではなかったのだ。

「愛生」

滑走路と離陸する飛行機を見つめながら蒼梧さんが言った。

「まだ、離婚したいと思っているか？」

「……考えています」

現地妻疑惑はこの先もすっきりとはしないだろう。蒼梧さんの言葉を信じても、心にしこりは残る。それは苦しい日々なのではないだろうか。

それに、離れていた二年間を簡単に埋められるかわからない。

「俺はやはり離婚したくないよ。きみに愛してもらいたい」

「私は……あなたを大事に想う気持ちに変わりはありません」

私は伊織の柔らかな髪を撫でて言う。

「だけどもう自信がありません。それだけです」

「きみの心を変えたのは俺が悪い」

蒼梧さんは低く言った。伊織の髪を撫で、それから私の頬にぺたりと手を当てた。

「きみがもう一度俺との未来を信じられるように努力する」

親指が私の唇に触れる。それだけでどきんとしてしまった。

恥ずかしいことにその触れ方にふたりの夜を思い出してしまったからだ。

「触れられるのは嫌じゃないか？」

「はい……」

全身が心臓になったみたいにドキドキしている。冬の真昼、青空の下で、私は蒼梧さんに抱かれることを想像している。

蒼梧さんが唇を私の耳元に寄せた。

「それなら、もっと触れたい」

「あ、あの……」

そのとき、私の腕の中で伊織が叫び声をあげた。

「おー、あー！　ぶーん！」

一番近くの滑走路に飛行機が着陸してきたのだ。伊織は興奮の声をあげ続けている。

私も蒼梧さんも思わず笑ってしまった。

艶っぽい空気が霧散してよかった。きりりと晴れた青空にはあまりに不釣り合いだもの。


しかし、その晩のこと。

伊織を寝かしつけて居間に戻ってきた私は、うーんと伸びをした。普段ならここから、少しだけ自由時間を楽しむ。だけど、今夜から蒼梧さんが一緒だ。新婚時代、こんなふたりきりの時間をどうやって過ごしていたか思い出せない。

すると、ちょうどお風呂から戻ってきた蒼梧さんが目の前にいる。

困惑のまま見上げた途端、抱きしめられた。

「愛生」

蒼梧さんは私を抱きかかえてソファに腰掛けた。彼の膝の上に横向きに座っている格好だ。新婚当初だってこんな状況になったことはない。

「お、下ります。恥ずかしいです」

「そんなこと言わないでくれ。俺は愛生とこうしていたい」

蒼梧さんの唇が私の耳たぶの近くにある。甘くささやく彼はずるい。私が彼の低い声にとろとろにされてしまうと、ちゃんと理解しているのだ。

唇を首筋に押し付けられ、肩がぴくっと動いてしまった。大きな手が背中からヒップまでを撫でさすると、身体の奥が疼いた。

「声を我慢しなくていい。ここなら伊織には聞こえない」

「蒼梧さん、駄目。待ってください。いきなり、こんな……」

「もっと触れたいと言ったよ。こうして毎晩のようにきみに刻み付けたい。どれほどきみが好きか」

私は必死に蒼梧さんの胸をぐいと押し返した。蒼梧さんは少し寂しそうな顔をし、言った。

「嫌ならやめる。無理強いはしたくない」

「無理やりとは思っていません。……でも」

流されないように眉を張り、彼を見つめる。

「あなたは好きだと言ってくれますが、それは家族愛でしょう。お見合いで知り合った私をあなたが愛するわけがない」

私には初恋。だけど、蒼梧さんにとっては条件のいい妻なだけ。

男性は熱烈な恋愛感情がなくても女性と関係が持てるだろうけれど、私の想いとの温度差はやはり気になるのだ。

蒼梧さんは情熱のこもる瞳で私を見つめる。

「確かに最初は、保護者のような気持ちだった。ひと回り近く年が離れているし、少し前まで学生だったきみは少女のようにも見えた。性愛の対象にするのは罪悪感すら覚えるような」

「それなら、なんで……」

「夫婦だから大丈夫ときみに許してもらって関係を持った。恥ずかしい話だが、初々しいきみを抱くのに夢中になったよ。きみが俺の指や唇で可愛い声をあげ、どんどん反応が敏感になっていくのが嬉しくてね」

にっと微笑んでそんなことを言う蒼梧さんは確実に私の赤い顔を楽しんでいる。私は新婚時代の毎晩繰り返された熱い逢瀬を思い出し、耳や首まで熱くなっていた。

「男にはそういう欲求があるんだなと実感を持って理解した。初心な妻を、俺色に染め上げる喜びというのかな。そういった野蛮な征服欲求と同時に、きみが愛《いと》しくてたまらなくなった。健気《けなげ》に俺に応えてくれるきみを絶対に手放したくないと思ったよ」

「でも、あなたは……私と伊織を呼んでくれませんでした」

私の目は知らず潤んでいた。この二年間の寂しさが語り合ううち噴出してきている。

「治安のいい場所ではなかった。それに、一緒に勤めていた外務省の参事官に言われたよ。免疫の弱い未満児を呼ぶのはリスクだ、と。妻子が大事なら会いたい気持ちは我慢しろってね。その通りだと思った」

「蒼梧さんも……寂しいと、会いたいと思っていてくれましたか？」

私の必死の問いはキスでふさがれた。深いキスはすぐに私をぐずぐずにしてしまう。

「当たり前だろう」

わずかに唇を離して、彼はささやく。

「毎日、きみと伊織のことを考えた。声が聞きたいし、顔が見たかった。きみが送ってくれたツーショットをデスクに飾ったよ。だけど、あの頃の俺はそんなことを口にするのは格好悪いと思っていたんだな。遠慮し合う関係でどこまで求めていいのかもわからなかった」

蒼梧さんは自嘲的に言った。

「離婚されたいと言われて、不器用を理由にしてコミュニケーションを少なくしていてはいけないと痛感した」

それで今の蒼梧さんはこれほど積極的なのだ。私の離婚宣言で火がついてしまったといったところだろうか。

「寂しい想いをさせた分、きみに愛してると言葉でも身体でも伝え続ける。償い続ける。そして、きみを振り向かせたい」

そう言って、蒼梧さんは愛撫《あいぶ》を再開する。服の上からでも、身体がびくびく跳ねてしまう程度に、私は期待していたようだ。

「そ、うご、さん……っ！」

今更、拒否をしたところで私がどうしてほしいかはバレバレだ。拒否したくないと身体が言っている。

「愛してるよ、愛生」

その晩は四ヶ月ぶりの熱い夜になった。伊織が起きて泣き出すまで、たっぷりと愛を注がれたのだった。

（こんなの身体が持たない……）

ソファにぐったりともたれ、乱れた服を直す私。蒼梧さんは上半身裸のまま、寝室で泣いている伊織をあやしに行ってしまった。

以前も行為は激しかったが、感情表現は淡白なところがあった蒼梧さん。今は極上の行為にプラスして、甘いささやきと愛の告白の連続。

（あっという間に落とされちゃうよ……）

緩んだ頬をぺしぺし叩《たた》いてみるけれど、幸せで胸がふわふわしているのだから、私はすでに陥落寸前のようである。なんて情けない女なの……。


蒼梧さんが帰国して二週間が経った。

私の生活は劇的に変わった。伊織の面倒を見るのが中心の日々に、蒼梧さんが加わった。作る食事の量は増えたし、洗濯物も増えた。朝挨拶をする相手がいて、おかえりなさいやおやすみを言う相手がいる。

この二年、そんな日々を忘れていた気がする。伊織に声かけはするし、伊織も私の言葉をずいぶん理解してくれているようだ。だけど、まだ単語が出始めたばかりの伊織は話し相手には当然ならなかった。

蒼梧さんは家事も手伝ってくれる。一時帰宅のときと同じように、率先して動いてくれるのですごく助かっている。

もちろん、一番の変化はあふれるくらい注がれる愛の夜。蒼梧さんは毎晩熱烈に私を抱く。私が離婚を撤回するまで避妊はすると言っているけれど、甘く激しい行為に私はすでにめろめろだ。流されて離婚を撤回してしまいそうになるので、必死に自分を律している。

離れていた二年間で、私たちに生まれた溝。

少なくとも、もう一度蒼梧さんと頑張っていこうと自分で思えないと、結婚継続を宣言してはいけない。今、離婚撤回したら完全に肉欲に溺れた格好だもの。

話は変わって、蒼梧さんとの暮らしは、伊織にも大きな刺激になっている。もとよりすぐに蒼梧さんになじんだ伊織だけれど、今や最高の遊び相手ができたといった様子だ。朝は早起きして出勤準備をする蒼梧さんを追いかけ回す。蒼梧さんが早く帰ってきた日はべったりとくっついている。休みの日も朝から蒼梧さんと遊びたがる。

蒼梧さんもやっと一緒に暮らせるようになった息子が可愛くて仕方ないようで、何をおいても伊織を優先する。猫可愛がり状態だ。

日々生活をしているとつい伊織を後回しにしてしまうことも多い。ぎゃあぎゃあ泣かれていても、手がふさがっていてすぐに抱き上げてあやしてやれないこともしばしば。蒼梧さんは都度手を止めて伊織を優先するのだ。

蒼梧さんは私と伊織中心の生活を送ってくれている。仕事で外に出かけている以外は、すべての時間を私たちに使っている。

少しは趣味や休憩に使ってほしいと言うと、もともと読書くらいしか趣味がないと言う。

「きみと伊織と過ごすことが今は趣味かもしれないな」

そんなふうに言われると、嬉しいようなくすぐったいような……。

職場では昇級しているのだし忙しいはずなのに、今までを取り戻すかのように家庭に時間を割いてくれている蒼梧さん。

これも私と離婚したくないという意思表示なのだろうか。

「愛生、今日もチャレンジさせてくれ」

二十時、夕食を終えたばかりの蒼梧さんが真顔で私に言う。食洗機に食器をセットしていた私は、おずおずと頷く。

「いいですけど、大丈夫ですか？　疲れていませんか」

「大丈夫だ」

蒼梧さんは力強く言う。意気込みが伝わってくるようだ。

「今日こそ伊織を寝かしつけてみせる」

そう言って蒼梧さんはプレイマットで遊ぶ伊織に向かって勇ましく歩いていく。

この二週間、蒼梧さんは伊織の寝かしつけにチャレンジしているのだ。自分が引き受ければ、私がゆっくりお風呂に入れたり休めたりできると思ってくれているみたい。毎晩二十時、そして夜中に一、二度伊織が起きたタイミングで、彼は頑張ってくれる。

しかし、現状勝率は三割ほど。

完璧スーパーマンの蒼梧さんが苦戦するのだから、やはり育児というのはものすごい労働なのだろう。問題は蒼梧さんが真剣に頑張りすぎていること。才能と努力でなんでもこなしてきた人に、赤ちゃんの世話という理不尽の連続はつらいに違いない。

「伊織のご機嫌次第ですから。寝付かなかったら、私が代わります」

蒼梧さんだってゆっくりお風呂に入ってほしい。それに、蒼梧さんは寝かしつけで疲弊した後にだって、私への愛を示すために激しく求めてくる。

先に参ってしまうのは彼ではないかと心配なのだ。

「行ってくるよ」

抱き上げると、伊織は察したようで「うやああん」と嫌そうな声をあげた。まだ寝たくないのだろう。

じたばたと暴れる伊織を連れて蒼梧さんは和室に去っていった。家事を終え、お風呂に行くまでの間は静かだった。絵本の読み聞かせをしているのかもしれない。伊織は絵本を取り出せば、まだ眠らなくて済むとわかるのか、いい子に絵本を眺める。

しかし、お風呂から上がる頃には和室から泣き声が響き渡っていた。

そのまま三十分ほど居間で様子を見たけれど、どうにも泣き止《なや》まないので見にいくことにした。

「蒼梧さん、伊織寝ないですか？」

蒼梧さんは立って伊織を揺らしている。伊織は泣き止まないで暴れている。

「すまない、愛生」

「謝らないでください。暴れて暑いのかも。抱っこ紐に入れて外を散歩しませんか？」

「冬だし、きみが湯冷めする」

「大丈夫ですよ。厚手のダウンを着ていきます」

蒼梧さんが抱っこ紐で伊織を抱き、私たちは家を出た。住宅地をぐるぐる歩き回り、公園に向かう。伊織は最初こそすんすんと鼻を鳴らしていたけれど、やがてぐっすりと眠ってしまった。

抱っこ紐の揺れで眠ってしまう赤ちゃんは多いようだ。

「またうまくいかなかった」

蒼梧さんは無表情だけど、言葉には無念さがにじんでいる。

「新米の父親は駄目だな。伊織が大変なときに一緒にいなかったから、うまくいかないんだろう」

「赤ちゃんの寝かしつけは慣れと運だと思います。私だってこの子が生まれて一年七ヶ月寝かしつけをしてますけど、うまくいく日といかない日がありますよ」

私は蒼梧さんと抱っこ紐の中の伊織を見つめる。

「それに、これからイヤイヤ期がやってくるんですから、大変な時期は始まったばかりです」

「イヤイヤ期？　それはなに？」

「二歳前後の幼児に始まるそうですよ。何をやっても『いや！』と言って怒ったり泣いたりするらしいです」

蒼梧さんはイヤイヤ期という育児用語を初めて知ったようで感心したといった様子だ。

「伊織も少しずつ自我が出てきて、我儘《わがまま》を見せます。イヤイヤ期が近づいてきているのかも。一緒に乗り越えてくださいね」

そう言っておいて、無自覚な自分の言葉に焦った。まだ離婚を考えていると言いつつ、この先も一緒に育児をしてほしいと願うなんて。

「ああ。寝かしつけだけでへこんでいられないな」

蒼梧さんは私の焦りには気づかず、元気を取り戻したように答えた。私はホッとして頷く。

少なくとも今は蒼梧さんが隣にいてくれることに感謝をしなければ。

帰宅して抱っこ紐から下ろすと、伊織はそのまま眠ってしまった。


蒼梧さんが帰国して一ヶ月が経った。年が明け、お正月は私の実家に挨拶にいった。熊本の義両親にも挨拶に行こうかと考えたが、伊織が小さいので長旅はしなくていいと遠慮されたのだ。春頃に東京に来るそうだ。

蒼梧さんの職場は五日から仕事始めだ。お正月はゆっくり家にいたけれど、仕事が始まってしまえばまた慌ただしい日々になる。

私は伊織の発達を日々の喜びにしながら生活している。少しずつ言葉が豊富になってきた分、我儘を言うことも増えた伊織。育児は毎日もりだくさんだ。

成人の日、私は蒼梧さんと伊織と散歩に出かけていた。

晴れ着をまとった若い女の子たちを横目に眺め、私も数年前に参加したなあと思い出す。

「愛生は五年前に成人式だったか」

「はい。振袖を着て、家族で写真を撮りましたよ」

「お見合いの身上書の写真がそのときのじゃなかったかな」

「そうだったかもしれません」

蒼梧さんは思い出すように言う。

「二十歳の愛生は幼い感じが可愛かったよ。懐かしいな、家に写真があるなら帰ったら見せてくれ」

「え、恥ずかしいです」

それに子どもっぽい私に変な気を起こすのは罪悪感があったって言っていたじゃない。

蒼梧さんはいたずらっぽく笑い、私に耳打ちする。

「まだ初心で何も知らなかった頃の愛生を見たいな」

「も、もう、蒼梧さんちょっとおじさんみたいですよ！」

頬を熱くしながら怒った顔をしてみせるけれど、いっそう蒼梧さんを喜ばせるだけだ。

「おじさんなんだよ」

「知りません！」

恥ずかしいのでぷいとそっぽを向いて歩き出す。蒼梧さんは伊織のベビーカーを押しながら、笑ってついてくる。仮にも離婚をつきつけられているのに、余裕を感じる。ぐいぐい来るくらいの愛情表現も、抑えていたものを解放したせいかもしれない。

（私が骨抜きにされちゃってるのだってバレてるだろうし）

毎夜愛され尽くしているのだ。離婚宣言の効力が薄れていても仕方ない。

（もっと毅然《きぜん》とした態度を取らなきゃ）

一方で思う。言いだした離婚という言葉の効力が失《う》せてきているのは、私の方かもしれない。私の中にある蒼梧さんへの気持ちは、彼の愛に満たされ、いっそう強くなっている。

（不倫疑惑の件はまだもやもやするけど）

クリアになる予定のない浮気疑惑がある以上、私はずっとこのもやもやを抱えていくのだろうか。それとも、時間が解決してくれるものなのだろうか。

散歩は皇居の外周を一周することにしていた。五キロほどなので、結構な距離だ。

途中休憩を挟んで昼食もとる予定だ。

「伊織、パパのお仕事先はあの建物の向こうよ」

警視庁の建物の裏手にある警察庁の大きなビルを指さす。伊織はわかっているのかわかっていないのか。それでも官公庁街のビル群を眺めている。

「昼食はどうする？　半蔵門《はんぞうもん》や麹町《こうじまち》のあたりで何か食べようか」

「伊織次第ですね。朝がゆっくりだったので、まだお腹が減っていないみたいですよ」

「ぐるっと回って東京駅あたりでもいいかもしれないな」

だいたいの予想時間で、蒼梧さんは東京駅近くのホテルにあるレストランに予約を入れてくれた。当日でも個室が空いていてよかった。伊織と一緒なので、個室は助かる。

久しぶりの長距離のウォーキングで少し疲れたところで目的地に到着した。伊織もお腹が空いたようで、ぐずり始めている。

ホテルは私も何度か来たことのある老舗だ。エントランスに入ると、ロビーのカウンター近くでこちらを見ている人に気づいた。外国人のグループのようだ。

その中のひとりの女性がいきなり大声をあげた。

「ソウゴ！」

ベビーカーをたたんで預けようとしていた蒼梧さんが顔を上げた。走り寄ってくる彼女に、私は心臓が止まりそうになっていた。

強めのウェーブのかかった黒い髪、浅黒いラテン系の肌、くっきりとした目鼻立ち。彼女だ。ミランダというアルゼンチンの女性……。

「こんなところで会えるなんて神様のおかげね」

早口の英語で彼女はそう言った。私が聞き取れた範囲なので、ニュアンスはもう少し違うかもしれない。

「ミランダ、どうして日本へ？」

「日本に旅行したいっていつも言っていたじゃない。蒼梧に会いたかったし、父に頼んで家族旅行先を日本にしてもらったのよ」

彼女が視線を移動した先には、家族の姿。ご両親とご兄弟だろうか。蒼梧さんも知り合いなのだろう。

「愛生、挨拶をしたいから付き合ってくれるか？」

「ええ」

私は伊織を受け取り、頷く。すると、ミランダさんが言った。

「アナタ、ソウゴノツマネ」

日本語だ。私は頷き、精一杯笑顔を作った。

「はい。愛生といいます。ご同僚のミランダさんですね」

「ゴドウリョウ？　ワカラナイ。ワタシハソウゴノスペシャルヨ」

スペシャル。それは彼の特別な相手と言いたいのだろうか。妻を前にして堂々とそんなことを言うの？

しかし、彼女が蒼梧さんのスマホから自撮り写真を送ってきたのは間違いない。蒼梧さんの意思で写真が送られたのでなければ、彼女からの挑発ともとれる。

「愛生、おいで」

ベビーカーをフロントに預けていたため、私たちのやりとりを聞いていなかった蒼梧さんが戻ってきた。私は、蒼梧さんに続いた。

ミランダさんのご家族に挨拶をし、私たちはすぐに予定通りレストランに向かった。伊織がぐずぐずしていたので挨拶が長引かなかったのはかえってよかった。

別れ際、ミランダさんが蒼梧さんに言った言葉が引っかかる。

「ソウゴ、私たちはここに一週間は泊まっているから会いにきてね」

彼女は部屋番号とスマホの番号のメモを蒼梧さんに渡したのだった。

レストランの個室に案内され、さすがにお腹が空いて怒り出した伊織に先にフルーツをお願いする。お子様用のプレートも急いで作ってくれるそうだ。

ランチのメインを選ぶため、メニューを眺めながら蒼梧さんが口を開いた。

「急にすまないな。ミランダが馴れ馴れしくて不快だったんじゃないか？」

「いえ、そんなことは。……あの写真の女性ですよね」

ごまかす理由などないので、はっきり尋ねる。蒼梧さんがああと答えた。

「ミランダ・ディアス。駐アルゼンチン日本国大使館の現地採用職員だ。日本の文化が好きで、少し日本語が喋れるのが採用理由だが、本当のところさっき挨拶をしたマヌエル・ディアスという議員の娘だからだ。現地の有力者なんだ」

蒼梧さんは眉間にしわを寄せ、ふうとため息をついた。

「日本人と結婚したいと、年頃の日本人職員にアプローチを繰り返すんだが、強引な女性でね。俺は妻子がいると断ったから面白くなかったんだろう。俺が彼女の父親と飲んでいる隙に俺のスマホからきみにあんなメッセージを送った」

「そうですか……」

そんなふうにアプローチしてくる女性なら、もっと適切な距離を取るべきだと思う。さっきだって、いきなり蒼梧さんに抱きついてきたのだ。現地ではもっとべたべたしていたに違いない。それを拒否しないから、彼女は同じことを繰り返すのではないの？　でも、彼女はボリュームのある胸とヒップのセクシーな女性だった。男性はあいった女性にボディタッチされたら拒否する理由がないのかもしれない。

それにしても、日本にまで追いかけてきちゃって……。本当に関係がなかったと言いきれるの？

蒼梧さんは手渡された紙をたたみ、私に向かって差し出した。

「旅行中、俺から彼女に会うようなことはしない。どうか信じてくれ」

この紙を私に渡して自分の手元に置かないことが誠意の表明なのかもしれない。私は困惑しながらも受け取った。

「蒼梧さんのことは信じたいと思っています」

伊織は到着したプレートをフォークと手でもりもり食べ始めた。私と蒼梧さんも注文したけれど、私の食欲はすっかりなくなっていた。

6

三日経っても、私のもやもやした感情は収まらなかった。ミランダという女性の存在は、蒼梧さんにとって本当に同僚だったのだろうか。

「わざわざ日本まで追いかけてこないよね」

縁側から中庭に出て、花に水をあげる。冬の初めに植えたパンジーは寒い一月でも花をつけている。空気が乾燥している分、たっぷりと水をあげた。

彼女は本当に家族旅行で日本に来たのだろうか。それとも、蒼梧さんとの逢瀬に来たのだろうか。自分を蒼梧さんの特別だと言いきった彼女。

「ゆうべ、蒼梧さん、遅かったな」

仕事だと聞いているけど、本当はミランダさんと会っていたりして。まだ関係が続いているのだろうか。

もし、蒼梧さんが私と伊織を捨てて、ミランダさんと一緒になると言ったらどうしよう。

離婚を宣言している私に止める権利なんかない。

「あーあー！　なー！」

伊織が窓の向こうで不満げな声をあげていた。縁側に繋がる窓は閉め切ってある。私にくっついて外に出たいのだろうけれど、傍で見ていられないときは縁側には出せない。転がり落ちるのが目に見えるもの。

「やーなー！　やー！　まんまー！」

まだ単語でしか喋らない伊織も、ママとパパはずいぶんはっきりと呼びかけてくれる。今は怒っているので呼ぶ声も力強い。

「はいはい、伊織、待っててね」

縁側に上がり、窓を開けた。伊織はひしと私にしがみつく。なんていとおしいのだろう。ほんのわずかな時間、窓で隔てられていただけで、感動の再会をしてくれる息子。

「まま、まーま」

座った私の膝によじ登り、顔をぺちぺち叩いてくる。

「伊織、大好き」

私は愛する息子を抱きしめた。不安な気持ちが癒えていくようだ。

「そうだ。私は伊織を守らなきゃいけないんだ」

何を弱気になっていたのだろう。私の優先は伊織。そのために蒼梧さんとの離婚を考えたのだ。

ミランダさんに会いに行こう。あの日、蒼梧さんが渡してきた紙はまだ保管してある。

蒼梧さんと何があったのか、ミランダさん本人に聞くチャンスだと思えばいい。

ここで彼の浮気が証明できれば、私もふんぎりがつく。

彼に離婚を言い渡せる。

そう考えながら、彼女の話を聞きにいきたくない私も確かにここにいるのだ。

ミランダさんから赤裸々に語られるだろうふたりの二年間を私は受け止められるだろうか。

だけど聞くならこれが最初で最後のチャンス。蒼梧さんとの関係にもやもやを残し続けるのは嫌だし、彼との別れがやってくるとしても知らないで終わりにしたくない。

私は伊織を抱いて立ち上がる。

実家に電話し、母に伊織を預かってもらう算段をつけたのだった。

伊織を預け、私は先日のホテルにやってきた。時刻は十七時。

今日は蒼梧さんも遅くなると言っていた。もし、彼女と会うならここで鉢合わせかもしれない。それでもいい。

ロビーで電話をかけた。知らない番号から電話がかかってきて出てくれないかもしれない。そもそもホテルにいるかもわからない。すると、数コールで彼女は出た。

「巴愛生、蒼梧の妻です」

すぐに英語で応答があった。

『ミランダよ。会いにきてくれたのかしら』

「ええ、お話がしたいんですがいいですか。今、ホテルのロビーにいます」

『わかったわ。ラウンジで待っていて』

彼女は臆することなくそう言った。

心臓がドキドキする。自分でも、今までの人生で一番勇気を出した行動をしている気がする。

夫の浮気相手と思《おぼ》しき女性に会いにきているなんて。

「ハイ」

彼女は十分ほどでやってきた。私の顔はよく覚えているようで、ラウンジの丸テーブルに向かって歩いてくる。

「来てくださってどうもありがとう」

「ソウゴノツマハナンノヨウデキタノ？」

日本語で尋ねられる。彼女は前置きをする気はないようだ。オレンジジュースを注文し、ソファ席にどっかりと座った。

「愛生と言います」

「じゃあ、アイは何が聞きたいの？　私とソウゴの関係？」

今度は英語だったが、ゆっくりと話してくれるのでまだ聞き取れる。私は唇を引き結び、頷いた。彼女が口を開けて、あははと笑った。

「素直ね。私とソウゴは愛し合っていたわよ。少なくともベッドの中で彼は私に夢中だった」

ミランダさんは勝ち誇った自信満々の表情で続ける。

「妻と子どもがいるからセックスはできないって最初は真面目なことを言っていたけど、すぐに私の虜《とりこ》になったわ。彼、真面目そうに見えて夜は激しいでしょ。あなたにはできなかったことを私にはできるって喜んでたわよ」

私でも聞き取れる範囲の英語だが、もう充分というような内容の暴露だった。蒼梧さんは彼女を抱いていた。

しかし、私の口から出た言葉は絶望とは違う言葉だった。

「嘘をついていますね」

「嘘じゃないわよ」

ミランダさんは余裕の表情で言う。

「最中に写真を撮る趣味がなかったから、私たちが抱き合っている証拠写真は見せてあげられないの。だけど、彼は私を抱いていたわ。何度も何度もね」

「いえ、嘘です」

私のかたくなな言葉に彼女は苛立《いらだ》った顔を見せた。

「ソウゴを疑っているから、私に会いにきたんでしょう?」

「疑っていました。でも、あなたの話を聞いて、蒼梧さんが嘘を言っていないとわかりました」

たどたどしい英語だけれど、強く言いきった。

はっきり言えば、それは勘だった。しかし、確信に近かった。彼女の話す恋人同士だったふたりはとってつけたような関係でリアリティがなかった。

「蒼梧さんはあなたを職場の仲間だと言っていました。男女の関係はないと。それを信じようと思います」

私がそう言いきったときだ。

「愛生！」

私を呼ぶ声がした。顔を上げると、ラウンジに入ってくる男性の姿。蒼梧さんだ。

「蒼梧さん!?」

驚く私にミランダさんが言った。

「私が呼んだのよ」

蒼梧さんは退勤してからすっ飛んできたらしく、息を切らしている。警察庁からこのホテルまでは歩けば二十分ほどだろうけど、走ってきたのかしら。

「ソウゴも交えて話した方がいいかと思って」

「ミランダ、彼女に何を言った」

蒼梧さんが厳しい視線でミランダさんを見る。

「私たちが愛し合っていたって」

「嘘を言わないでくれ」

「私はずっとあなたを愛してるって言い続けたわ。仕事も妻子も捨てて、私と私の国で幸せになろうって言ったわ」

「俺は断り続けた。彼女に嘘をついて、俺との仲を裂きたかったのだとしたら悪質だ。

俺の妻は愛生だ。これ以上、愛生を不安にさせるようなことは言わないでくれ」

蒼梧さんはめずらしく怒りに満ちた声音で険しく彼女を見つめる。まくしたてるような早口の英語からも彼の苛立ちが伝わってくる。

「そんなことを言っていいの？」

ミランダさんが険しい顔になり、高圧的な声を出す。

「私の父から大使館に抗議をしてもいいのよ。私があなたに弄ばれたって」

「それで俺が失職すればいいと？　別に構わない。きみの脅しに屈して妻子を捨てるような馬鹿にはなり下がりたくない」

厳しい蒼梧さんの声にミランダさんが怒声を張り上げた。

「私の夫になれば、一生裕福に遊んで暮らせるって言ってるのよ！　どうしてわからないの？　どうしてその赤ちゃんみたいに幼い女を選ぶの？」

私を指さし怒鳴る彼女に、蒼梧さんは怒りを秘めた声で言った。

「愛生を侮辱するな。俺の妻は世界で一番の女性だ」

ミランダさんがテーブルをどんと叩く。ホテルの一流のスタッフたちも、これ以上騒ぎが大きくなれば仲裁に入るだろう。他の客の迷惑だ。

するとそこにやってきたのはミランダさんの父親だ。

マヌエル氏はスペイン語でミランダさんに何かを言っている。スペイン語は聞き取れないほど速いものの、口調から呆れたような怒っているような様子を察することができた。それからマヌエル氏は蒼梧さんに何事か告げ、ミランダさんを引っ張るように連れていった。

「迷惑をかけた、と。マヌエル・ディアス氏はミランダの我儘をいつも注意していたからね。俺とその家族に失礼をしたと言っていた」

「蒼梧さん、私……」

勝手にミランダさんに会いにきたことをなんと言えばいいかわからない。

「歩きながら話そう」

蒼梧さんとともにホテルを出た。

「伊織を迎えにいかなければなりません」

「一度家に戻ろう。俺が車を出す」

「はい」

電車かタクシーか考えつつ言葉にできないまま黙々と歩く。十八時過ぎはすっかり暗い。

「ミランダに会いにいったのは、俺と彼女の不倫を疑ってのことか」

「はい……ずっと気になっていました。あの写真が」

「きみが不安に感じても仕方ないな」

蒼梧さんは低く言う。

「彼女が言ったことは嘘だ」

「はい。そう感じました」

私の返事が予想外だったようで、蒼梧さんが私を見下ろす。

「最初にホテルで会ったときから挑発的な言葉を繰り返していたので、魂胆はわかります。実際に話を聞いたら、彼女と蒼梧さんが結ばれるはずがないなと思いました」

それは本音だった。彼女の肉感的な身体や、セクシーな振る舞いに惹かれる男性はたくさんいるだろう。かつて同じ手口で日本人男性と恋仲になったこともあるのだろう。

だけど、蒼梧さんは引っかからない。本人と話してよくわかった。

「きみに会いにこさせるように仕向けて、俺まで呼びつけて引《ひ》っ掻《か》き回《まわ》したかったんだろうな」

「蒼梧さんを好きだった気持ちは本当だと思います。でも」

私は立ち止まり、振り向いた蒼梧さんをまっすぐ見つめた。

「私の方が何倍も蒼梧さんを好きです」

蒼梧さんが私の腕をつかみ、引き寄せるように腕の中に閉じ込めた。大きな彼の勢いのある抱擁で、私の身体は少し浮き上がってしまったくらい。

「そ、蒼梧さん！」

「嬉しいよ。好きだ、愛生」

「苦しいです！」

「離婚しない理由になったか？」

ようやく抱擁を緩められ、顔を覗き込まれる。私はこくりと頷いた。照れて赤い顔をしていたと思う。

「誤解だったと自分で確認できたので……、離婚を望む理由が……なくなってしまいました」

「よかった……」

安堵したような蒼梧さんの声に、彼がどれほど離婚を阻止するために必死だったかが伝わってきた。

「あの、でも……寂しかったのは、ちょっと……恨んでますので」

「ああ、その償いはまだ始まったばかりだ。二年間も寂しくさせた分、たっぷりきみを愛するよ。もちろん一生をかけて」

私がほしい言葉をみんなもらってしまった。嬉しくて恥ずかしくてまっすぐ彼を見られない。

すると、スマホが振動している。

「あ、母からです」

スマホのメッセージには写真が添付してあり、すっかり眠ってしまった伊織の姿。

「伊織、私の実家でごはんとお風呂を済ませて眠ってしまったそうです。母が今夜は預かるから、ゆっくり休んだらって……言ってくれているんですけど」

「それは、お義母さんの言葉に甘えたいところだ」

蒼悟さんは真顔で言い、私の耳にささやいた。

「今夜はひと晩かけて、愛生を抱かないといけないから」

「ひ、ひと晩だなんて……死んじゃいます……！」

「いつも伊織が起きるまでの短い時間しか抱き合えないだろ。時間を気にせず、きみを堪能したい」

甘すぎる言葉にすでに腰が砕けそう。真っ赤な顔でふらふらしている私の腰を抱き、蒼悟さんはタクシーを捕まえる。

その後、私は本当に明け方までたっぷり愛され、深い情熱を教え込まれてしまったのだった。


数日後、蒼梧さんが手紙を持って帰ってきた。

なんとも複雑な顔をしているので、私はいぶかしく思いつつ彼の顔を覗き込む。

「きみ宛ての手紙だ」

「私宛てですか？」

「ミランダからだ。今日、外務省の知り合いを通じて受け取った」

一緒に読んだ方がいいだろうか。しかし宛名が私である以上、私が読むべきなのだろう。

「開けますね」

蒼梧さんは足元にくっついている伊織を抱き上げて頷いた。

英語で書かれた手紙だ。リスニングよりは書かれたものを読む方が難易度が低い。

それでも、わからない単語を携帯で調べつつ解読した。

【色々と嫌なことを言ってごめんなさい。わかったと思うけど、ソウゴはずっと私につれない態度を取り続けていた。私は振られっぱなし。日本旅行の予定はソウゴのために立てたわけじゃないけど、絶対会いにいって驚かせてやろうと思ったの。私の家族やソウゴの家族の前で、ソウゴの悪口を言ってやろうと思っていたのよ。

だから、あなたは私の意地悪に巻き込まれただけ。

ソウゴは諦めるわ。あんな堅物はきっとセックスもつまらないでしょうから、私にはきっと物足りないしね。それじゃ、さよなら】

なんとも自分本位な手紙だった。文面には、ほんの少し会った私でも感じられるような彼女らしさがあった。

「はっきりしてるわ……」

思わずぽつりと言った言葉に、蒼梧さんが反応する。

「また、きみに誤解をさせるようなことを言っているんじゃないか？」

私は笑って答えた。

「いいえ、先日のことを謝ってくれています。それから、蒼梧さんのことを諦めるそうです」

蒼梧さんは眉をわずかにあげ、それから頷いた。

「また職場の日本人にお気に入りを見つけるだろう」

「一件落着……でいいですかね」

私が微笑むと、蒼梧さんも微笑んだ。

「ミランダには振り回されたけれど、最後にきみの誤解を解いてくれたところだけは助かったよ」

これで蒼梧さんの浮気疑惑は、完全消滅だ。蒼梧さんが目を細めて私を見つめる。

「それとこれはきみに怒られそうだけど」

「なんですか」

「愛生が嫉妬するほど俺を好きだとわかってよかった」

私はなんと答えようか迷って、蒼梧さんをじっと見つめ返した。これは素直に返事をしたい。

「はい。そうです。蒼梧さんが女性と何かあったら、正気でいられないかもしれません」

「まっすぐに返されると照れるよ」

自分で言いだしておいて、照れて困った顔をする蒼梧さん。

これほど表情豊かだったなんて、新婚時代は気づかなかったな。温かい気持ちで、そんなふうに思うのだった。

二月は私の誕生月である。予定を空けておいてくれと蒼梧さんには言われていたけれど、現在育児中の主婦である私に大きな予定はない。せいぜい、伊織の予防接種くらいだ。

誕生日の前日から蒼梧さんは休みを取ると言う。

何か企画をしてくれているのだろうか。

誕生日前日、午前中にやってきたのは熊本の義両親だ。

「急に来ちゃってごめんなさいね」

「文句は蒼梧に言ってくれよ」

義両親の言葉に、蒼梧さんを見やる。蒼梧さんは平然としている。

「父さん、母さん。伊織の世話を任せてすまない」

「え？」

「愛生、今日はこれから出かけよう。明日までデートだ」

どうやら蒼梧さんはサプライズデートを企画してくれていたようだ。そのために熊本からお義父さんとお義母さんに来てもらったなんて。

「悪いですよ、そんな」

「いつも育児を頑張ってくれている愛生に何を贈ったらいいかと考えて、休暇をプレゼントしたかったんだ。うちの親も賛成してくれた」

蒼梧さんはサプライズ成功を喜ぶというより、私を楽しませるのは当然といった様子だ。

お義母さんが口を挟む。

「いいのよ、愛生さん。私たちもたまには孫育てをしたいんだから」

「公園を散歩したり、食事を作って食べさせたりっていうのを母さんは楽しみにしてきたんだ。蒼梧と愛生さんは気兼ねなく遊んできなさい」

お義父さんにも言われ、私はおずおずと答える。

「大変ありがたいですが……伊織は最近かなりイヤイヤが激しくなってきて……」

一歳九ヶ月になった伊織は、すべてがパワーアップしている。運動能力が高まり、走ってジャンプして遊具で遊んでものを投げてといつも大騒ぎだ。声も大きくなり、まだ単語しか出ないとはいえ、立派に主張をする。

そして主張が聞き入れられないとわかると怒り出すのだ。

可愛いだけじゃなくなってきた孫に、義両親も手を焼くことは目に見えている。

「イヤイヤ期ね。懐かしいわ。蒼梧も疳《かん》の虫《むし》の強い子だったから、大変だったのよ。たった二日だし、大騒ぎされてもこれも試練と思って楽しむから大丈夫よ」

お義母さんの言葉はなんとも頼もしい。しかし、負担をかけるのは申し訳ないのだ。

すると、私の様子を見てお義父さんが言った。

「愛生さん、この朴念仁が一生懸命考えたデートプランなんだ。ひとつ付き合ってやってくれないか」

「そ、それはもちろん嬉しいです！」

「愛生さんと伊織くんを長く寂しくさせた分、蒼梧はしてやりたいことがたくさんあるんだよ。父親として、頼む」

お義父さんの言葉に私はおろおろしながら頷いた。

「父さん、余計なことを言わなくていいです」

蒼梧さんが照れているのかむっつりと言う。

「愛生、一時間くらいあれば、外出できるかい？」

「はい。大丈夫です」

「よし、仕度を頼む。服はなんでもいい。……母さん、伊織の着替えや保険証の場所なんかを教えるよ」

私は家事を切り上げ、伊織をお義父さんに任せて慌てて洗面所に走った。

デートってどこに行くのだろう。服はなんでもいいと言っていたけれど、どうしたらいいだろう。

一時間もかからず、私は冬物のニットワンピースにコートというスタイルで居間に戻った。メイクは最近日焼け止め程度しかしていなかったので、ファンデーションもアイブロウも久しぶりだった。リップは赤すぎないだろうか。髪の毛はとかして下ろしただけだ。

居間ではお義母さんが伊織を寝かしつけた後だった。

「抱っこ紐の揺れが好きなのね。寝ちゃったわ」

「下ろすときにいつも起きて泣くんだよ」

蒼梧さんがしみじみと経験を語る。以前より勝率は上がったものの、蒼梧さんは伊織の寝かしつけに苦戦している。

「下ろさなきゃしばらく寝ているでしょう。ほら、蒼梧と愛生さんは今のうちに出発しなさい。お見送りさせるより、気づいたらいなかったくらいの方が落ち着いて過ごせるわよ」

お義母さんの言う通りかもしれない。私の用事で実家に伊織を預けるときも、別れ際はいつも大泣きされてしまう。

「それじゃあ、行ってきます。伊織をよろしくお願いします」

「お義父さん、お義母さん、ありがとうございます」

お義母さんが巻いた抱っこ紐の中で眠る伊織を見つめ、後ろ髪を引かれるような思いで家を出た。

「まずは買い物だ」

「蒼梧さん」

私は先に立って歩き出す彼に追いつく。

「私の誕生日に、色々考えてくれてありがとうございます」

でも、無理をさせていないだろうか。日頃から家事にも育児にも参加してくれ、私はすごく助かっている。休みまで取って、お義父さんとお義母さんにも協力させて、私に尽くしてくれるなんてやりすぎじゃないのかな。

私の複雑な顔に、蒼梧さんは穏やかに言う。

「きみを二年も待たせたんだ。この程度じゃ足りないくらいだよ」

「でも、なんだか悪くて」

「俺もきみとデートしたかったしね」

そう言って、彼はいたずらっぽくささやいた。

「結婚前に出かけたときは、結婚式や同居の準備が理由だっただろう。あとはせいぜい食事かお茶くらい。結婚しても、買い物くらいしか出かけていない。愛生とふたりきりで楽しい思い出を作りたかったんだ」

「蒼梧さん……」

「さあ、行こうか。今日は移動が多いよ」

蒼梧さんと電車で到着したのは表参道《おもてさんどう》。表参道もかなり久しぶりに来た気がする。若者向けショップが多い原宿竹下《はらじゅくたけした》通り近辺とは目と鼻の先なのに、大人向けのショップが並んでいる。

「愛生は好きなブランドがある？　あればそこに行くけれど」

「いえ、あまりブランドを知らなくて」

私が持っているブランド品は、蒼梧さんからもらったいくつかのバッグとアクセサリー、香水くらいだ。お嬢様の集う女子校育ちだったけれど、私のようにブランドものに興味のない女子も大勢いた。生粋のお嬢様は日頃から質のいいものに囲まれて暮らしているので、ブランド品にこだわる感覚が薄いのだろう。私はお嬢様たちと比べたら庶民の部類だった。

「それじゃあメジャーな店にしよう。きみに買ったことのないブランドがいいな」

蒼梧さんに連れられて入ったのは、有名なハイブランドの路面店だ。確かにここの製品は持っていない。

「服と靴とバッグ、好きなものを選ぼう」

店に入るなりそんなことを言われ、狼狽してしまった。興味がないとはいえ、価格帯くらいはうっすらと想像がつく。

「蒼梧さん、私そんなに買ってもらえません」

「今日は特別だからいいんだ。それにバッグやアクセサリーはいつも勝手に選んで贈っていたから、きみが気に入るものか自信がなかった。今日は一緒に選びたい」

「でも」

「本当にたまにしかしないから、受け取ってほしい」

家計を預かる主婦として、夫の無駄遣いは阻止せねばと思いつつ、蒼梧さんが寂しそうな顔で私を見るので何も言えなくなってしまった。

「……わかりました。でも、靴は新しいものだと靴擦れが起こるので、また今度にしたいです」

「ああ、わかったよ」

値段が気になりつつもシンプルなオフホワイトのワンピースを選んだ。バッグはこのブランド特有のモノグラムではなく、女性的な柔らかなデザインのハンドバッグだ。カラーも落ち着いたベージュ。

ワンピースを着替え、バッグも新しいものにすると、なんだかすごく特別なことをしている気分になった。

「よく似合ってるよ。大人っぽくて、たまにはこういう感じもいいな」

蒼梧さんは私の髪を撫で、褒めてくれる。

「汚したらどうしようって不安になります」

「洗えばいいんだから、気にしなくていい」

蒼梧さんは面白そうに笑っていた。簡単に言うけれど、クリーニングに出すレベルの服だ。

「普段と気分を変えてほしいんだ」

「もう結構違いますよ。伊織と離れてるし、変身してるし」

「もっとだよ」

私の手を取って、蒼梧さんは言った。

「行こう。色々考えてるからね」

タクシーに乗り換えてあっという間に到着したのは浦安《うらやす》のリゾートホテルだ。有名なテーマパークに隣接し、提携もしているホテルのひとつ。サンドベージュの外壁やモダン建築の外観は、ヨーロッパのホテルみたいだ。一流ホテルだけれど、場所柄家族連れも多いようだ。

「フロントで荷物を預けよう。チェックインはもう少し後だから、先に食事をしようか」

一泊だとは聞いていたので、宿泊のセットは持ってきてある。服は二日同じでもいいと思っていたけれど、買ってもらってしまったので、明日はさっきまで着ていたニットワンピースを着よう。

レストランの中でも和食のお店に移動し、ランチの日替わり膳をいただいた。ランチタイムも終わりに近い時間で、予約なしでも入れたのはよかった。

「本当は隣接するテーマパークに連れていこうかと思ったんだけどね」

蒼梧さんは箸で鮑《あわび》を取って言う。

「のんびりさせたくて来たのに、遊び倒すことになったら疲れさせてしまうかなと」

「そんなふうに考えてくれていたんですか」

「行きたかったかい？」

正直に言えば、隣接するテーマパークは行きたかった。最後に行ったのは大学時代に芙美と。しばらく行っていない。

「伊織がもう少し大きくなったら三人で来ましょう」

「そうだね。伊織が楽しめる年齢になったら今度はパーク内のホテルに泊まろう」

「蒼梧さん、張り切ってスイートルームなんか取りそう。駄目ですよ」

パーク内ホテルのスイートは一泊かなりの額がする。学生時代に芙美と調べて驚いたことがあるのだ。もちろんこのホテルのスイートも同等の金額がするはず……。私はハッと蒼梧さんを見る。

「きょ、今日のお部屋って」

「ああ、スペシャルスイートは取れなかったんだ。すまないね」

「いえ、普通のお部屋で充分です！」

しかし、口ぶりからするとスペシャルスイートも検討したということだ。

先ほどのハイブランドのお買い物もそうだが、蒼梧さんはもてなしのためならお金については頓着しないようだ。嬉しいけれど、感覚が庶民の私はおろおろしてしまう。私のためにあまり尽くしすぎないでほしいのだ。

食後はチェックインまでの少しの時間、駅周辺を散歩した。といってもこのあたりは、大きなテーマパークとそれに付随するホテルばかりで、道路の向こうは海という立地。電車もテーマパークをぐるりと囲んでいる。

しかし、普段の生活とは離れた光景というのは新鮮に映る。周辺を歩き回り、ホテルの中庭を散策しているうちにチェックインの時間になった。

案内されたフロアが明らかに通常客室より上階であるのは気づいていた。入ってみて、やはりここがスイートルームのひとつだとわかった。ドアをふたつ隔てた向こうにはシックで重厚な調度のリビング。その向こうにベッドが二台。洗面所とバスルーム。大きな窓がふたつあり、東京湾が映し出されている。

思い返してみれば、蒼悟さんは『特別室は取れなかった』と言った。その下のスイートルームはきちんと押さえていたようだ。

「チェックアウトは遅めにしてあるから、ゆっくり過ごそう」

「はい……！」

「きみさえ嫌じゃなければ、ボディケアも予約してある。どうかな」

至れり尽くせりだ。私はコクコクと頷き、準備を整えた。

地下のサロンで予約されていたのはフェイシャルケアとアロマオイルのボディケア。フルコースで行うと二時間ほどの施術だと言う。

エステというものを未経験だった私は、最初は少し緊張した。しかし、クレイマスクでフェイシャルケアをしつつ、ヘッドマッサージを受けるうち、身体の力がふにゃーっと抜けていくのを感じた。ボディのアロマトリートメントを施されているときには、気持ちよくてふわわわと変な声が出そうになる。肩も腰も、育児でがちがちに固まっていたんだなあ。一歳九ヶ月の伊織は結構重たいのに、まだまだ抱っこが大好きだもの。マッサージしてもらって、初めて自分の疲労に気づいた。途中から完全に爆睡してしまい、最後はエステティシャンの女性に優しく起こしてもらう始末。

「わわっ！　寝てしまってすみません！」

飛び起きて頭を下げると、エステティシャンの女性は穏やかに微笑んだ。

「寝てしまう方は多いですよ。日常生活で気を張っている方ほど、ふっと力が抜けるようです」

伊織の育児は気が抜けない。いたずらも多いし、すぐに走り出す。そんな我が子の命を預かっているのは緊張感しかない。伊織が生まれてからずっと緊張している気がする。

「夫が予約してくれたんですけど、エステは初めてで。気持ちよかったです」

「優しいご主人様ですね。奥様が日頃、頑張っているからプレゼントのお気持ちだったのではないでしょうか」

「……はい、すごく優しいんです」

答えて、のろけみたいになってしまったと恥ずかしくなった。

十七時半、外はすでに暗い。部屋に戻ると、灯りがついていなかった。ベッドのひとつで蒼梧さんが寝息を立てている。ベッドカバーの上で寝ているので、ほんの少しのつもりで身を横たえたのかもしれない。そのまま眠ってしまうなんて、きっと彼も日々疲れているのだ。

家に帰れば、いつだって私と家事育児を分担してくれているもの。

起こそうか迷っているうちに、蒼梧さんの目がぱちりと開いた。気配で気づいたらしい。

「愛生、おかえり。俺は寝ていたのか」

「起こしちゃってごめんなさい。でも、お布団をかけないと風邪をひきますよ」

「いや、起きないと。ディナーの予約が十八時半なんだ」

蒼梧さんは身体を起こし、「アラフォーは疲れやすくて困るね」なんて笑っている。

蒼梧さんは年齢より若く見えるし、出会った頃よりいっそう渋く格好良くなっているところが好きなんだけれど、恥ずかしいので言わない。

「愛生」

私を見て、頬に触れる。

「ケアはよかったかい？」

「すごく気持ちよくて寝てしまいました」

「それはよかった。頬がもちもちだね」

「そ、それって褒めてますか？」

「褒めてるよ。吸い付くみたいな肌。今夜、全身チェックしないと」

余裕たっぷりの蒼梧さんの笑顔は、絶対に私の反応を楽しんでいる。だけど、まんまと照れて赤くなってしまう私はまだまだ彼には敵《かな》わない。

ホテル内のフレンチレストランで用意されていたのはアニバーサリーディナーだった。白身魚の前菜、ブイヤベース、牛フィレ肉のステーキ。口直しに出てきた白桃のグラニテがすごく美味しい。デザートのミルフィーユが出てくる頃にはお腹が苦しい状態になっていた。

「実は部屋にバースデーケーキとワインを頼もうかと思っていたんだけど、お腹がいっぱいになりそうだなと思ってやめておいたんだ」

「その判断、大正解だと思います。私、ウエストが苦しいですもん」

「伊織と食事しているといつも慌ただしくて、きみがちゃんと食べられているか心配だったんだ。お腹いっぱい食べてくれて嬉しいよ」

「蒼梧さんだって、一緒に慌ただしく食べてくれるじゃないですか」

私の代わりに伊織の面倒を見ながら食事させてくれることも多い。つまりは夫婦そろって、伊織との食事はいつもバタバタである。

「俺は仕事に出ているから。昼なんかはわりとゆっくり食べているよ。きみにはそういう時間が少ないからね」

「今日はびっくりするくらいゆっくりさせてもらっていますよ。伊織、いい子にしてるかなあ」

私の言葉に蒼梧さんがスマホを取り出す。

「俺の方に連絡を入れてもらってるよ」

スマホの画面にはお義父さんと公園を歩いている伊織、夕食のカレーを食べている姿もある。自分でスプーンを使って口に運べても、かなり汚してしまう伊織。写真の伊織は口の周りをカレーだらけにして笑顔だ。その横でお義母さんが笑っている。

「すごく楽しそう！」

「案外、パパとママがいない環境に順応しているみたいだな」

泣いていたらどうしようかと思ったけれど、子どもは強いのだなとこんなときに感じる。伊織にべったりになっていたのは私の方かもしれない。

「あ、またメッセージがきたぞ。ええと、アイスクリームを与えていいですか？　だって」

「どうぞ、どうぞ。普段あまり与えていないので、きっと大喜びしちゃいます」

「じゃあ、そう返しておこう。あ、明日の朝はフレンチトーストを焼きたいそうだ」

甘味の強いものはあまり与えていないとはいえ、特別な日は必要だ。伊織にとってじーじとばーばと過ごす日がいい思い出になれば、それが一番いい。義両親にとっても、孫がたくさん笑ってくれれば嬉しいに違いない。

食後、部屋に戻ると、窓からは暗い海が見えた。空港や船の灯りが見えるので、ベイエリアの夜の海はロマンチックだなと思う。

お腹が苦しいので、蒼梧さんに先にシャワーを使ってもらい、少し休憩した。

ソファに身体を預けていると、安心感で涙が出てきた。

おとどしの今頃は大きいお腹を抱えて、ひとり家で過ごしていた。蒼梧さんから贈られたバースデープレゼントを眺め、お腹を撫でていた。

去年の誕生日は伊織といた。ハイハイとつかまり立ちが忙しい伊織から目が離せなくて、毎日へとへとだった。蒼梧さんに会いたかった。彼が帰ってこられない事情を理解していても寂しくて寂しくてやるせなかった。

今年は、海辺のホテルで蒼梧さんと過ごしている。

ふたりっきりで、幸せな夜を。日付が変われば、私は二十五歳だ。

「愛生」

蒼梧さんに呼ばれ、振り向く。彼はシャワーからあがっていた。

「疲れたかい？」

「いいえ、大丈夫。なんとなく、かみしめていたところです」

「かみしめていたって何を」

「幸せを」

私は立ち上がり、バスローブ姿の蒼梧さんの身体に腕を回した。

「愛生」

「離婚を考えるくらいだったんですからね」

「すまない。本当に長く寂しい思いをさせた」

「まだちょっと恨んでます」

「当たり前だよ。きみに恨まれても仕方ない。だけど、離婚は絶対に嫌だ」

そう言うと蒼梧さんは私の顎を持ち上げ、優しく唇を重ねた。

「きみと伊織のいない人生なんて考えられない」

「本当に？」

「ああ、きみと出会う前はひとりでいいと思っていた。仕事は忙しいし、転勤も多い。家族を作って維持するには努力がいるだろうし、そこまでできないと思っていた」

蒼梧さんは私の頬を撫でる。下唇を親指で触れられると、キスの感触がよみがえり、またほしくなる。

「愛生と結婚して、幼い妻を守ろうという責任感みたいなものがいつもあった。だけど、すぐに夢中になった。俺の方が年甲斐もないくらいきみに恋をしていた」

そんなふうに言ってもらえたら嬉しい。あの頃、私だけの片想いじゃなかったと思えるから。

「帰ってきて、誤解も解けて、これからはきみと伊織を大事に生きていきたい。それと」

蒼梧さんは私の耳に唇を押し付けささやいた。

「ふたり目、考えないか？」

「あ、赤ちゃんですか？」

「ああ、きみに負担なら無理しなくていいんだ。だけど、俺はもっと家族を増やしたい」

蒼梧さんと離婚する気はもうない。この先もずっと一緒にいたい。

第二子のことは私も考えていたけれど……。

「あの、今度は……傍にいてもいいですか？」

「どういうことだい？」

「妊娠から出産まで、蒼梧さんの傍にいられるなら……私も赤ちゃんがほしいです」

蒼梧さんがきつく私を抱きしめた。

「きみにそんなことを言わせるほど、孤独な思いをさせたんだね。本当にすまない、愛生」

「もう、離れたくないんです。ずっと傍にいたい」

「ああ、俺もだよ」

蒼梧さんが情熱的に唇を重ねてくる。深く重なった唇から熱い水音が漏れ、身体がじんわり疼く。

「蒼梧さん、私、シャワー……」

「我慢できない」

「でも……恥ずかしいです」

首筋にキスされながら、心臓が高鳴るのを感じる。

「後で一緒に入ろう」

とろけるような低音でささやき、蒼梧さんは私の身体を軽々と抱き上げた。

甘くて熱い夜だった。明け方、眠りに落ちるとき夢を見た。あたたかな海を漂う夢だ。

それが夢だとわかっていて、私は安心していた。蒼梧さんの姿がなくても、この海そのものが蒼梧さんなのだとなぜか感じられたからだ。

7

毎朝、玄関で蒼梧さんを見送る。新婚時代もそうだったけれど、今は伊織を抱いてふたりで見送るようにしている。

「行ってきます」

蒼梧さんは私の額にキスをして、伊織の頭を撫でた。

伊織は嬉しそうに「ぱっぱ！」と彼を呼ぶ。ご機嫌にお見送りできる日もあれば、大泣きの日もある。そんな日は、蒼梧さんも後ろ髪を引かれるように出かけていく。

今日はご機嫌な日なので、蒼梧さんも安心して出勤できそうだ。

「あとひと月で伊織も二歳か。誕生日の計画を考えないとな」

「二歳でも楽しめそうなレジャー施設を調べてみようかと思っていました」

「そうだな。食べ物も色々楽しめる年齢だし、美味しいものを食べにいくのもいいかもしれない」

「私たちが楽しみですね」

伊織のことをふたりで話し合って決められるようになった。これはすごく嬉しい。

蒼梧さんが帰国して四ヶ月。私たちますます家族らしくなってきている。

伊織が笑顔で「いてらったーい」と声をあげ、ふたりで蒼梧さんを見送った。居間に戻って、伊織の朝食の準備をしながら、ふと考える。

それにしても、私と蒼梧さんの会話の半分以上が伊織のこと。ふたりの子どもなんだし、当たり前だとは思う。でも、蒼梧さんはお仕事のことは話さないし、私も話す内容が伊織のこと以外ない。

蒼梧さんはお仕事柄、家族にもぺらぺら喋れないこともあるだろう。でも、私は伊織以外世界がない。この家と伊織。それが私の全部だ。

「私、何が趣味だったっけ」

幼児教育に興味があったし、保育士資格は取った。長くアルバイトをさせてもらった児童養護施設の仕事は、本当に楽しかった。

だけど今は外の世界にほとんど触れ合っていない。

蒼梧さんと第二子の妊娠出産について本格的に計画しだした今、働きに外に出たいとは言わない。それでも、もう少し家庭以外にも目を向けた方が健全な気がした。

蒼梧さんと伊織が世界の中心なのは間違いないけれど、私にも私の世界が必要なのではないだろうか。

「美術館めぐりとか……してみようかな」

漠然と趣味が必要な気がして、あれこれ考える。伊織が一緒だと美術館や映画館は厳しそうだ。でも、映画館やプラネタリウムはキッズ向け上映などをしているところもあると聞く。博物館なども子どもが学習で行く場所でもあり、伊織が騒がない範囲でなら見て回れるかもしれない。

そのときスマホが振動した。見ると、芙美からメッセージだ。

ランチのお誘いである。今日は代休で平日休みらしい。

ちょうどいい。芙美にもこういったことを相談してみよう。


芙美と待ち合わせたのは、我が家の近くのカフェだ。広々としていて、キッズスペースも完備なので子連れの利用客が多い。ちょうど、子育てサロンなどの帰りらしきママと子どもの団体客が入っていて、伊織が多少騒いでも問題なさそうだった。

「ここ、よく来るの？」

「蒼梧さんと一緒に何度か」

ランチプレートとお子様プレートを注文し、答える。

「愛生もああいうママ友の集いに参加したら？　自治体で主催しているのも多いんじゃ

ない？　育児友達ができるかもよ」

「うーん、ママ友かあ。幼稚園や保育園に入れれば、自然と関わる人も増えるし、それまではいいかなあ」

保育士の研修のとき、色々な保護者を見た。子どもが関わると難しくなる人は結構いる。自分ひとりならいいけれど、子どもを絡めた関係性はちょっと不安に思うこともあるのだ。

「愛生は若いママだし、年上ママたちに気を遣わなければならないかもしれないもんね」

「私がコミュニケーションが下手なんだよ」

苦笑いで言うと、芙美がふうんと頷く。

「旦那さんとはどう？　誤解も解けて、離婚は思いとどまったんでしょ」

「うん。おかげ様で。色々相談に乗ってくれてありがとう」

芙美にはあれこれ相談に乗ってもらっていた。私にとって唯一気のおけない友人なのだ。

「毎日楽しく育児をしているけど、ふと、私って家事と伊織の話しかできないなあって気づいちゃって」

「普通じゃない？　私だって、仕事の話しかできないよ。あんまり面白くないからしないけど」

「でも趣味を探したり、もう少し外の世界に興味を持つべきだなって思ってるの。蒼梧さんもいつも同じような話ばかり聞かされて飽きちゃうと思うし」

「可愛い妻が一生懸命息子の話をしてくれて、飽きるわけないいじゃな〜い」

芙美はけらけら笑っているけれど、私はちょっと心配なのだ。もともと年も離れていて、共通の趣味もない私たち。この先も仲良くしていくために、私はもっと私という人間性を確立したい。大学を出て、右も左もわからないうちに結婚してしまった。私にはまだ確固たる自分がない気がする。

人間的な魅力がほしいのだ。

「うーん、焦って何か行動する必要はない気がするけど、育児はまだまだ続くもんね。息抜きの趣味を見つけるのはいいかも」

芙美が頷き、思い出したように言った。

「あ、主題とはズレるんだけど、社会と関わるという意味合いでお誘い」

「なあに？」

「健二いるでしょ。中泉健二」

芙美の友人だ。去年、カフェでお茶をしているときに偶然会った。

「あいつがやっぱりランチ会したいんだって。大学や会社の仲のいいメンバーに声をかけるから、結構な人数になるみたい。そこに愛生も来てほしいって言ってるの」

「ええ？　私も？」

芙美には以前、中泉くんは私に気があったと言われている。しかし、こちらは既婚者でまもなく二歳になる子どもがいる。

「たぶんだけど、愛生が目を引くタイプだからだよ。陽キャのパーティーだし、若くて可愛い女の子に参加してほしいんだと思う。私にも『可愛い子集めて声かけて』って。男子目線うざいよね。女子はみんな可愛いわ」

芙美の言う通り、なんともルッキズムに寄った依頼だけれど、彼の友人の男性たちが出会いを求めているなら合コン的な感覚で女子を集めたいのは仕方ないことなのかもしれない。

「でも、私は既婚子持ちよ」

「既婚子持ちでも、愛生はいるだけで可愛いんでしょ。桜ってわけじゃないから、既婚者って言っちゃっていいよ。参加してくれると助かる」

私は芙美をちらっと見る。芙美は飲み会などは好きだけれど、こういった陽キャの出会いパーティーみたいなものは嫌いだったはず。

「めずらしいね。芙美も気になる人が来るの？」

「あー、っていうか、健二に借りがあるんだよね。今付き合ってる人、健二の紹介だから」

「え、そうなの？　私、聞いてない！」

思わず声を張り上げてしまった。伊織が私を見て「まま、ちゃいちゃいよ」と謎の注意をしてくる。

「いやあ、愛生の旦那さんが帰国してきた頃に交際し始めたから、落ち着いたら報告しようと思って。それで今日呼び出したっていうのもあるのよ」

「ええ、先に言ってよ。一番に報告して」

届いたランチプレートどころじゃなく、私は身を乗り出して芙美に尋ねる。

「どんな人？　そのランチ会に来るならご挨拶させて」

「あー、彼はそういうの苦手だから。ただ、健二の勤める出版社の別の編集部の先輩なんだよね。だから、紹介してくれた健二に借りを返すために、今回はランチ会に可愛い女子を呼び込んでるってわけ」

なるほど、そういう理由で芙美は協力しているのだ。

「わかった。それなら私も協力するわ。ランチ会に参加する」

「ホント？　ありがとう、助かる！」

「芙美、彼との話、もっと聞かせて」

親友に久しぶりの彼氏。お付き合いで行くパーティーより、そちらの方が重要事項だ。そこからの話題はほとんど芙美ののろけ話になったのだった。


その日の夜、私は蒼梧さんにランチ会の話をした。合コンのような会とは確証がないので言わないけれど、男女が多く集まるパーティーみたいなものであるとは伝えた。主催の男子に芙美が借りがあるので、付き合って出かけてきたいと言うと蒼梧さんは屈託なく頷いた。

「いいと思うよ。日曜なら、俺が伊織の面倒を見られるし」

「本当にいいんですか？」

「ああ。きみは育児で閉じこもりっきりで、親友の芙美さんと会うくらいだろう。たまには華やかな場所に出かけてくるといいよ」

蒼梧さんはおおらかに言う。奥さんが出かけることに不満を感じる男性も世の中にはいるらしいが、蒼梧さんはまったく気にしないようだ。

「ランチ会は来週末なんだろう。それなら次の土日にきみのお出かけ用の服を新調しに行こう。メイク用品は足りているか？　ヘアサロンも行ってくるといい」

「もう、蒼梧さんが張り切らないでください。服もヘアスタイルも特別に変えなくて大丈夫ですから」

すぐに私を着飾ろうとする蒼梧さんに、ちょっとだけ怒ってみせる。蒼梧さんは笑っていた。

「俺がおめかしした愛生を見たいだけだな。ごめんごめん」

私だって蒼梧さんになら見てもらいたいけれど、お付き合いの会で服まで買わなくていい。

「お気持ちだけいただきます」

「そうか」

きっぱりと言う私に、蒼梧さんはまだ笑っていた。

ランチ会の日がやってきた。私はオフィスカジュアルなどを手掛けるブランドのジャケットとシャツとスカート姿。いつも結んでいるロングヘアを下ろしたくらいだ。鞄《かばん》とネックレスは蒼梧さんから買ってもらったものにする。鞄は先日の誕生日に買ってもらったハンドバッグではなく、小さなお財布とスマホが入る程度のミニショルダーだ。結婚して最初の誕生日にもらったもので、伊織がいるとオムツなどの荷物が多いため、まだ使ったことがなかった。

伊織を蒼梧さんに任せ、芙美とやってきたのは銀座のレストランだ。

「わ、本格的なパーティーじゃない」

有名なスペイン料理のレストランは、大きなフロアの半分に仕切りを作って個室にできるらしい。会場には三十名ほどの男女が集まり、すでにわいわいと賑《にぎ》やかだ。

「編集者って格別羽振りがいいイメージないけど、健二自身が結構ボンボンだからなあ」

芙美が少し呆れた様子で言う。

「そうなんだ」

確かに芙美の通っていた大学は偏差値の高さもさることながら、裕福な家庭出身者が多い。それは私の通っていたお嬢様大学とはまた少し毛色の違う華やかさだった。

「愛生のご主人は警察官僚だし、国立大出身でしょ。うちの大学出身者は自分で起業したり、大企業の目立つポジションに入るヤツが多いのよ。学生時代はそうでもなかったけど、こうして社会に出るとチャラついて見えるわ」

芙美は大学時代の男友達らを眺めて呆れた様子で言う。彼らに片手だけあげて挨拶はするけれど、近づこうとはしない。

「いいの？　お友達に挨拶をしてこなくて。私のことは気にしなくていいよ」

「あいつら、女子との出会い目当てにめかし込んでるじゃない。私に用事はないわよ。居酒屋で飲むときに話すからいいわ」

そう言いながら、私がひとりきりにならないか心配しているようだ。

そこに駆け寄ってきたのは中泉くんだ。

「芙美、愛生ちゃん、来てくれて嬉しいよ」

「お招きいただきましてありがとうございます」

「そんな堅苦しくしないで。後で少し話そう」

中泉くんが完全に私を見て言うので、芙美がむすっとした顔で口を挟む。

「既婚者に馴れ馴れしくしない」

「その論理だと、世の中の多くの人と楽しく会話できないだろ」

中泉くんは平気な顔をしている。芙美はいっそう眉間にしわを寄せた。

「馴れ馴れしく、の部分が問題なの。あんたが愛生にちょっかい出したいのなんて透けて見えるんだから」

「やだなあ。俺だって節度を持ってるって。友達として仲良くしたい気持ちだから」

そこに中泉くんを呼ぶ声。彼は笑顔で「また後で」と言い、仲間の元へ去っていった。


「愛生、本当に相手にしなくていいからね」

「うん、でも邪険にしたくもないから」

「最低限でいいんだよ」

私だって、そのつもりだ。ただ礼儀のない態度を取りたくないだけで。

ランチ会は立食形式だった。一応、今日集まったメンバーの自己紹介の時間はあったけれど、三十人ほどいるので皆、名前と幹事の中泉くんとの関係を話したくらい。

私も芙美に倣って、友人ですと答えた。

芙美と一緒に以前食事をした人たちに挨拶をし、あとはなんとなくその場になじんで過ごした。

それでも、普段家しか世界のない私には新鮮だった。可愛い服を着ている女の子や、綺麗なネイルをしている女の子。仕事の話で盛り上がっている子たちもいる。

同性観察の場になっている気がするけれど、ちょっと楽しい。

「芙美ー、ちょっとー」

芙美が誘ったと思《おぼ》しき女の子たちに呼ばれた。芙美は私を気遣うように見たけれど、私は目で「行って」と促す。ひとりで過ごせないわけじゃない。手には久しぶりに飲んだスパークリングワインを使ったカクテルがあるし、周囲の観察は面白い。

「愛生ちゃん」

中泉くんが近づいてきた。私がひとりでいるから気を遣ってくれたのかもしれない。

「大丈夫？　お酒、あんまり強くなかったよね」

「大丈夫……だよ」

実はお酒はそれなりに飲めるのだ。ただ、芙美の友人たちの前でたくさん飲むのも悪目立ちしそうで、以前飲み会などに参加したときは甘いお酒を少しずつ飲んでいた。

「あー、今日は愛生ちゃんが来てくれて本当に嬉しいよ。俺、ずっと愛生ちゃんと話したかったからさ」

中泉くんは明るい口調で言う。

「そうなんだ。ありがとう」

何を話したかったのだろうと思いながら、軽く返す。

「芙美が変なこと言ったかもしれないけど、俺、友達とこうして集まってわいわいやるのが好きなんだ。もし、よければまた来てよ」

「うん、都合が合えば」

「あれ、もしかしてダンナがうるさい感じ？」

私は首を横に振った。

「ううん、夫は私の外出に文句を言ったりしないよ」

「そっか。それならよかった。また会えるね」

「でも、子どもがまだ小さいから」

こういった知らない人ばかりの会は新鮮かもしれないけれど、一度くらいでいい。外に出て趣味を探すなら、芙美とチャレンジしたり、大学時代の女友達を誘ってみたりしよう。

「そうだよね。あ、それじゃあ、直接やりとりして都合のいい日なんかを決めようよ」

中泉くんはスマホを取り出す。私は困った。かなりぐいぐい来られて、角の立たない断り方がわからない。

芙美に助けを求めるように視線を送るものの、芙美は男女グループの輪で何か話している。

「今は芙美を通してしかやりとりできないじゃん。あ、変なメッセージは送らないから安心して。ダンナが怪しんだら困るもんね」

そう言う中泉くんは、さわやかで優しいけれど、正直私はミランダさんの件を思い出していた。ミランダさんもメッセージアプリを利用して、私に不審を植え付けようとしたのだ。

「それに相談したいこともあるんだ」

「相談？」

「好きな女の子がいるんだけど、……あ、今日の会にも来てる子ね。いわゆる女心が知りたくてさ。ほら、芙美はがさつだから、そういうの相談できないんだ。既婚者で落ち着いてる愛生ちゃんなら頼れるなあって思うんだよ」

なんだ、好きな女の子がいるのか。しかもこの場にいる子とは。可愛い子ばかりだけれど、どの子だろう。私の警戒心は半分くらいまで減った。

そしてそういうことなら無下に断れない。これで拒否したら、自意識過剰だ。

「うん、わかったよ」

私はショルダーバッグからスマホを取り出した。コードを出して見せると彼がスマホで読み込む。すぐにメッセージが届いた。

【健二です。よろしくね】

私もあわせて【よろしくお願いします】とひと言だけ送る。中泉くんの視線が私の手元に来ているのは、スマホの画面を注視しているからだろうか。

「いいバッグだね」

彼が見ていたのはスマホを取り出したバッグだったみたいだ。中泉くんはブランド名をつぶやいてから、私に視線を移す。

「ダンナが買ってくれたの？」

「そう。去年の誕生日プレゼントに」

「へ～、いいダンナじゃん」

中泉くんは笑顔だった。

中泉くんとメッセージアプリで繋がったことは、一応芙美には報告しよう。

何も変なことは起こらないと思うけれど。

曇り空の四月後半、私は干し終わった洗濯物のハンガーラックを外に出そうか逡《しゅん》巡《じゅん》していた。

「乾くかしら」

「ママ、しゃんぽ、いこ」

空を眺める私の足に伊織がくっついている。最近言葉がぐっと上手になって、会話ができるのが嬉しい。

「ママ、掃除機かけてからでもいい？」

「やだよ。ぼく、しゃんぽ、いくよ」

そう言って私の手を引っ張る。

縁側にひっくり返ってうーうー怒っている伊織。空は洗濯物を外に出すのを諦めた方がよさそうな曇天。雨が降る前に、散歩に出かけた方が伊織のストレスもなくていいかもしれない。ひとしきり遊んで買い物をして帰ろう。

「わかりましたよ、伊織くん。ママとお散歩にいきましょう」

「やったー！」

伊織は現金なものでその場に立ち上がり、縁側の床板を踏み鳴らして喜んでいる。

「薄いパーカーを着ようね。お外ひやっとするから」

「おしゅなばであそぶよ」

散歩イコール公園に行くのが常なのだけれど、この肌寒い陽気で砂場遊びは避けたい。一度始めると長いのだ。雨が降り出してから引っ張って帰るのは骨が折れる。

「雨が降るかもしれないから、お砂場はまた今度ね」

「だめ！　おしゅなばするよ！」

「その代わり滑り台しよう。ほら、東《ひがし》公園のぞうさんのやつ。ママも一緒に滑っちゃおうかな」

そちらの公園はスーパーが近い。買い物までがスムーズになりそうなので提案すると、伊織はぱっと顔を明るくした。

「ママはみてて。おしゃしんとってね」

私が事あるごとにスマホのカメラで撮影をするので伊織はそれをよく覚えている。

伊織をベビーカーに乗せ、公園を目指した。午前九時過ぎの公園には、同じように朝から子どもを遊ばせる親子連れがふた組。伊織より小さい子たちだ。伊織は滑り台にぶらんこにと元気よく駆け回る。

十時くらいから近隣の保育園の子たちが列をなしてやってきたけれど、伊織はその年上の子たちに交じって遊んでいた。滑り台など列に並ぶことを教えてもらっている。伊織が怒り出さず、ルールを守っているのに驚いた。私が注意したらひっくり返って怒るのに、子ども同士の関わりは結構本人に影響がある。

伊織も下の子が生まれてお兄ちゃんになったら、あんなふうに教えてあげたりするのだろうか。

赤ちゃんはいつ来てくれるだろう。蒼梧さんも望んでくれている。計画的に狙って行為をしているわけではないし、ご縁だと思っているから急がないけど。

伊織をベンチに座らせて、水筒で給水させているとメッセージが来ていることに気づいた。

「中泉くんだ」

先週のランチ会の後から、彼はちょこちょこメッセージをくれる。天気の話や食べたものの話など他愛ない内容だし、日に一件くらいだけど、あまり他者と頻繁に連絡を取り合わない私には、少しだけ負担でもあった。芙美とだって、彼女が忙しい時期は半月くらい連絡を取らないのもざらだ。彼はこうして友人たちと些細《ささい》なことで連絡をし合って友情を保っているのだろう。マメな性格なのだ。

「え、お茶?」

今日のメッセージはこうだった。

【愛生ちゃんの最寄り駅近くで仕事があるんだ。三十分ほどお茶しない?】

最寄り駅の話はしていたけど、お茶に誘われるとは思わなかった。いや、彼は好きな女の子がいて、私にそういった相談をしたいと言っていたじゃない。ただ伊織もいるので断る方向でメッセージを返した。

【今は息子と一緒に公園にいるから】

一文打って送り、その後なんと送ろうか逡巡する。

ごめんね、だろうか。また今度、だろうか。角が立たず、そっけなくない断り文句を考えていると、彼が先に返事を送ってきた。

【どこの公園？　時間をつぶしたいから、行くよ】

悪気も何もないのだろうけれど、押しが強い彼のメッセージに気圧《けお》されてしまった。

【東公園ってところだけど、雨が降りそうだから無理しないで】

【駅の近くじゃん。五分くらいで行くね】

合流の流れになってしまった。どうして私はこういうときにきちんと断れないのだろう。

いや、中泉くんは誰に対しても距離が近く、フットワークが軽い。私が変に意識することはない。

「愛生ちゃん」

すぐに中泉くんはやってきた。シャツに春物のニット、ジャケットを着ている。大手出版社の編集さんは、結構ラフな服装なのだなと思う。

「おはよう、お仕事は大丈夫？」

「うん、少し時間が空いちゃって。ああ、ここ愛生ちゃんの最寄り駅だなあって声かけちゃった。お、こんにちはー。お名前はー？」

中泉くんは伊織に話しかける。伊織はきょとんと彼を見上げて小さな声で答えた。

「いおり」

「伊織くんっていうのか。愛生ちゃんに似てるね」

「そうかな。髪の色や口元は夫に似てるのよ」

「目が愛生ちゃんそっくりだよ～」

中泉くんは明るい口調で言う。

「もう少しで二歳なの」

「そうなんだ。二歳かあ。やんちゃそうだね」

「毎日、家中走り回ってるのよ」

それから少しの間、伊織が公園を駆け回るのを、中泉くんがついて回ってくれた。

最初は知らない男性に緊張気味だった伊織も、中泉くんが遊んでくれる人だと気づいたみたいだ。追いかけっこのように笑い声をあげてぱたぱたと逃げ回る。

中泉くんは子どもとは遊んであげるべきだと考えているのか、丁寧に伊織の行動に付き合う。

「中泉くん、将来いいパパになりそう」

伊織を捕まえて戻ってきた彼にそう声をかける。抱き上げられた伊織はきゃっきゃと笑顔だ。私は息子を受け取り、膝に乗せると汗ばんだ肌を拭いてあげた。

「いいパパか。嬉しいな。愛生ちゃんとしては合格？」

「うん、子どもと丁寧に接することができるのはすごいよ」

女性に対していいアピールポイントに違いない。公園に来ていると、子どもを放置してスマホを見ているパパをよく見かけるもの。

中泉くんが私と伊織の横に座る。

「初めて会った頃の愛生ちゃんは二十歳くらいだったのに、もうママかあ」

「大学生だったものね。今はお互い二十五歳じゃない」

「俺はもう少しで二十六だよ。お祝いしてくれる？」

ぐいっと顔を近づけられ、私は苦笑いした。

「好きな女の子にお願いしてみるといいんじゃない？」

「好きな女の子にお願いしてるんだけど」

私は意味がわからず、ただ真剣な中泉くんの顔に驚いていた。好きな女の子がいるって彼は言った。それが私？

「ごめんね、どうしても連絡先交換したくて、『好きな子の相談をしたい』とか言った」

「え、でも。私は……」

「ダンナも子どももいる、でしょ。でも、俺が知り合った頃の愛生ちゃんは、人妻じゃなかったし」

中泉くんは頭を掻きながら、困ったように笑う。

「あの頃、愛生ちゃんって育ちのいいお嬢さんって感じで、芙美のガードも堅かったから、俺ももっと軽く付き合える子がいいって感じで他の子と付き合ってた。でも、結局愛生ちゃんが気になってさ。馬鹿だよな。あの頃、正直に愛生ちゃんに好きだって言ってたら、今頃愛生ちゃんは俺の嫁だったかもしれないわけだろ」

どうしよう。私は中泉くんを一度も恋愛対象に見たことはない。芙美の友人として何回か会ったことのある男性で、私が知っている限り常に彼女がいた。明るくていい人だとは思っていたけれど、ザ・陽キャといった雰囲気は私とはかけ離れていたし、気が合うようには思えなかった。芙美に『愛生は気に入られてる』と言われてもぴんとこなかった。

だからあの頃彼がフリーで、私に恋を告白してきても、たぶん私が彼の妻になる未来はなかったと思う。

「あの、気持ちは嬉しいけど、私は既婚者だから」

そういう気持ちがある人と、ふたりきりで会うわけにはいかないだろう。はっきりと断らないといけない。

「お見合い結婚だよね。ダンナと」

私は頷いた。出会いはお見合いだけど、今は愛し合っている。

「お見合いって都合のいい相手をメリットで選ぶものだと思う。そんなふうに選ばれたのは嫌じゃないの？」

「お互いうまくやっていけると思ったから結婚したんだよ。気持ちも通じ合ってると思ってる」

「でも、妊娠中の愛生ちゃんを置いて海外に行っちゃった男なんだろ？」

私は黙った。そのこと自体は事実だからだ。

「芙美から聞いたけどさ、伊織くんが生まれたときも帰国しなかったらしいじゃん。一時帰国も伊織くんが一歳過ぎてからだったって？　俺だったら、可愛い嫁と息子をそんなに放置できないわ」

妊娠中の体調不良、母の闘病。伊織が生まれてからも事情が重なって彼は帰ってこられなかった。

誤解も生じたし、寂しさから気持ちが通じていないように思ったこともあった。だけど、彼は私の寂しさを理解してくれた。その上で謝罪し、これからは寂しい思いをさせないと言ってくれた。

しかし、これらのことを中泉くんに話してなんの意味があるだろうと感じてしまった。私と蒼梧さんの間に生じた溝を又聞きして「おかしい」と言ってくる人に、何を答えればいいだろう。

「夫が海外で単身赴任していたことは事実だけど、私と息子のためだから」

それだけ答えた。笑顔を作って。

「私は納得してるよ」

蒼梧さんがどれほど頑張って私と伊織の信頼を勝ち取ってくれたか、彼に話す必要はない。それは私たち家族の歴史。私が大事にしていればいい。

中泉くんは困ったように笑った。

「ずいぶん年上のダンナだし、洗脳されてるんじゃゃって心配になっちゃうな」

洗脳という言葉に苛立ちを覚えた。だからこそ、ムキにならないように立ち上がった。

「ごめんね。今日はこのへんで」

まだ遊びたそうな伊織をベビーカーに乗せていると、彼は私の背中に向かって言う。

「何かあったらいつでも頼って。俺は愛生ちゃんが好きだし、伊織くんの父親にもなれると思ってる」

「変なことを言わないでほしいな」

芙美から聞き出したのだとしても、それを勝手に解釈して家庭の事情にずかずかと踏み込んでくる彼。悪い人ではないかもしれないけれど、正義感の無駄遣いだ。

私は伊織のベビーカーを押して公園を後にした。近くのスーパーに向かう。さすがに彼はついてこなかった。

厚い雲は晴れなかったけれど、雨粒は落ちてこなかった。


五月がやってきた。伊織の誕生会は義両親とうちの両親も招いて盛大に行った。

といっても、蒼梧さんが帰国してきたときのように、みんなで集って笑い合い、ご馳走《ちそう》を食べるのが目的だ。

今回は家族で写真を撮ろうというイベントがあったので、午前中から写真スタジオへ出かけた。

まずは私たち家族三人。それから全員で。伊織だけでも何枚も撮った。伊織は案外ノリノリで飽きずにいろんな衣装を着てくれる。レンタル衣装が豊富な子ども向けスタジオを選んでよかった。ポーズを取ってくれる伊織に、みんな歓声をあげた。

家族みんなでわいわい選んだ写真は、アルバムにしてもらう予定だ。

それから、予約しておいた料亭で食事会をした。伊織へのプレゼントはすでに自宅に送り届けられていて、帰宅したら伊織はそれらすべてを手にして遊ぶだろう。

お義母さんが、去年の伊織の誕生日の話をし、蒼梧さんが決まり悪そうにしていた。彼は伊織の一歳の誕生日に駆けつけられなかったことを悔やんでいるし、みんなが驚く量のプレゼントを贈りつけたことを恥ずかしく思っているようだった。

今年は家族みんながそろってよかった。

来年はもしかしたら家族が増えていたりするのだろうか。そんなことを考えると幸せな気分になる。

誕生会の後、両親はその日のうちに、義両親は翌日に帰っていった。

義両親を見送り、まだお休みの蒼梧さんと居間でゆっくりお茶を飲んだ。伊織はぎりぎりまでお義父さんと遊んでいたので、くたびれたのかクッションにもたれて眠ってしまった。その背中にブランケットをかける。

「今年は伊織の誕生日に一緒に過ごせてよかったよ」

蒼梧さんがしみじみ言うので、私は微笑んだ。

「蒼梧さんがたくさんプレゼントを贈ってくれたの、きっとずーっとお義母さんたちに言われますね」

「愛情表現の手段だったって言うと、言い訳みたいだな。だけど、他にどうしたらいいかわからなかったんだ。まだ写真でしか見たことのない我が子に、どうやって愛情を伝えていいか悩んで、気づいたらあんなにたくさん……」

蒼梧さんは頭を掻いて言う。それから私を見た。

「きみにもネックレスを贈ってしまったね。伊織と暮らしてみて、ネックレスをつけられる状況ではないというのがやっとわかったよ」

伊織はボタンがあれば押すし、ひも状のものは引っ張る。一歳くらいは特に顕著だった。

「今は赤ちゃんが引っ張ったらすぐにチェーンが切れて安全というネックレスもあるみたいですよ」

「いちいちチェーンの修理に行くより、子どもが引っ張らなくなるまでネックレスはつけない方が現実的だよな。俺が不勉強だったと痛感したよ」

「そんなに気にしないでください。いただいたネックレスは、この前のランチ会でもつけたし、この先は伊織のイベントなんかでつけちゃいます。幼稚園の入園式とか」

まだ二年近く先の話で、その頃には第二子がいてまたつけられないかもしれない。だけど、嬉しいという気持ちは伝えておきたかった。

「もう、ずっと愛生と伊織の傍にいるよ」

蒼梧さんの言葉は決意に満ちていた。私に離婚を切り出されたことは、私が思うより彼を傷つけているのかもしれない。

私はことさら明るい声で言った。

「蒼梧さんのお仕事は全国に転勤があるでしょう。海外はもうそれほどないかもしれないですけど、伊織が小さいうちは全部お供しますよ」

警察庁の職員なら、全国の警察署が管轄だ。県警への出向は彼も慣れているはず。

警備対策官として外交官扱いで海外に行くことは当分ないかもしれないが、日本国内ならいつ転勤になってもついていけるようにと考えている。

「伊織が就学したら、単身赴任してもらうこともあるかもしれないです。そのときは私も頑張りますから、支え合っていきましょう」

「いや、俺が嫌なんだ。当分は、都内にいる」

蒼梧さんがやけにはっきり言いきった。

「蒼梧さん？」

「実は先月にまた転勤の話が出た。幸い、まだ上司から様子をうかがわれただけだったから、その時点で答えたんだ。当分、妻子と都内にいたいから転勤はしない、と」

驚いてしまった。私と伊織のために、転勤を内示が出る前に断ってしまうなんて。

「蒼梧さん、駄目ですよ。私たちのためにお仕事を断るなんて。立場上、よくないいんじゃないですか？」

「アルゼンチン行きだって、ピンチヒッターで急な人事だったんだ。やっと戻ってこられたんだし、少しくらい我儘も通るさ」

「よくないですよ、そんなの。私、もうむやみに寂しいなんて言わないですし、次の転勤はついていくって決めてます」

「次の妊娠でまた体調をくずしたとき、愛生のご両親がいる東京の方が手が借りやすいだろう。きみが安心できる環境にいたいと願うのはいけないことか？」

私が離婚を口にしたせいだ。蒼梧さんは、極端に私と伊織優先の思考になっている。

「私は、そういうのはよくないと思います。何事も家族優先なのはありがたくはありますが、お仕事上蒼梧さんの信頼問題にもなりかねません」

仕事について、蒼梧さんにはっきりと意見をしたのは初めてだった。蒼梧さんは私の目をじっと見てから、長い睫毛《まつげ》を伏せた。

「愛生には理解してもらいたかったが、仕方ないね」

そう言って立ち上がって居間を出ていってしまった。

喧嘩《けんか》のような空気になってしまった。初めてのことだ。

私は間違ったことを言ったつもりはない。だけど、それが罪悪感に基づく感情なのも理解していた。

（私が一度でも離婚を口にしたから……）

それが彼への脅しになってしまっている。だから、蒼梧さんは過剰に私を優先してしまうのだ。お仕事上、いつまでもそんな我儘が通るわけもない。通ったとしても、どこまでもプライベート優先の姿勢では信用してもらいづらいのではないだろうか。

「どうしたらわかってもらえるの？」

つぶやいた声と、伊織がもぞもぞと起き出すのは同時だった。

「ママ」

伊織に呼ばれ、私は隣に膝をつく。

「伊織、ちょっとママとお外でようか」

「おしゃんぽする？」

「うん」

「いーよぉ」

伊織がにこっと笑った。私はスマホを取り出し、芙美にメッセージを送った。

【今、会えたりする？】

芙美なら、私のやるせない気持ちを聞いてくれる気がしたのだ。家にいるのがいたたまれない。

芙美から返信はすぐに来た。

【会えるけど。どうかしたの？】

私は迷ってひと言だけメッセージを打った。

【夫と喧嘩みたいになって】

次に芙美からきたのはURLだ。見れば、芙美の最寄り駅近くにあるカフェである。個室もあるおしゃれな店のようだ。

【ここで席取っておくよ】

ありがたい。私は伊織のお出かけ用のバッグを準備した。蒼梧さんは寝室にいるのか、二階の書斎にしている部屋にいるのか。メッセージだけ送っておくことにしよう。

【芙美に会ってきます】

外出の予定があるとは言っていない。急に出かけることにしたのはわかるだろう。家を出て、ベビーカーを押しながら駅に向かう。私の足取りとは裏腹に伊織は楽しそうに足をぱたぱた振り回していた。

芙美がひとり暮らしをしているのは青山《あおやま》だ。実家が裕福というのもあるけれど、彼女自身広告代理店でバリバリ働いているので、都心部で暮らした方が便利なのだろう。

電車を乗り継いで到着すると、教えられたカフェに向かう。店員に案内されて奥まった半個室の席に行って驚いた。

そこには芙美だけではなく、中泉くんがいたからだ。

「なんで？」

思わず口にしてしまった。芙美が頭を下げる。

「本当にごめん！　実はさっきまで何人かで遊んでてさ。愛生と会うから抜けるって言ったら、健二もついてきちゃって」

芙美は、私と中泉くんのことを知らない。彼が会いにきて告白してきたこと。私がそれを拒絶したこと。

「しかも、メッセージ画面見られちゃって。ホントごめん！」

「愛生ちゃんがダンナと喧嘩したって言うから、いても立ってもいられなくてさ」

そう笑顔で言う中泉くん。もしかして、これが付け入る隙になるとでも思っているのだろうか。

嫌な気分になっていた。芙美が私の困惑した顔を見て、中泉くんに言う。

「愛生の顔は見られたし満足でしょ。もう帰って」

「あー、駄目。帰らない。俺、愛生ちゃんのこと好きだから」

中泉くんがいきなり言い、芙美が言葉を失う。芙美はおそらくこの瞬間まで、中泉くんがおせっかい精神でついてきたと思っていたようだ。私を気に入っているとはいえ既婚者に本気になっているとは考えなかったのだろう。

「この前、告白したんだよ。愛生ちゃんがダンナと別れるなら、伊織くんのパパに立候補したいって思ってるくらい」

「あんた馬鹿じゃないの？」

芙美が怒鳴った。それから立ち上がり、私の前で頭を下げた。

「ごめん。迷惑な人間を連れてきちゃったね。ここ出て、うちに行こう」

「愛生ちゃん、俺まだ諦めてないよ」

中泉くんが割り込むように私に言う。

「悪いけど、大学時代のきみって世間知らずのお嬢さんだった。無菌培養って感じでさ。そんなきみを誑《たぶら》かして、子どもまで作って放置するアラフォーの男ってどうかと思う。きみが好きだって思ってるのも、男を彼しか知らないからでしょ」

中泉くんはなおも言う。

「ダンナから離れて、世間を見なよ。ダンナに与えられた世界だけで満足してるのがきみの幸せ？　俺ならもっときみに違う世界を見せてあげられるよ」

芙美が何か言おうとしたのを制した。私はベビーカーの伊織をちらっと見た。私の可愛い息子が勇気をくれる気がした。

息を吸い込み、彼に向かって口を開いた。

「私のことを何も知らないのに、知った気になって、あれこれ言わないでください」

その声は店内に響いたと思う。奥まった席だけれど、店員がおそるおそる視線をこちらに向けたのが感じられた。

「世間知らずのお嬢さんを面倒くさがって、他の女の子と交際していたのは中泉くんでしょう。今更好きとか言われても困るし、そもそもあの頃好きだと言われても断ってました」

芙美が驚いた顔で私を見守る。中泉くんも驚いた顔をしている。何か言いたいのかもしれないけれど、開いた口はそのままで声は聞こえてこない。いや、私が口を挟む余裕を与えていないせいだ。

「あと、私の夫は私を誑かしたんじゃない。私が彼に恋して結婚したの！　離れ離れの間も、彼は変わらず私とこの子を愛していたし、それは私もわかってる。何も知らない中泉くんがどうして彼の真心を疑うのよ。私の夫の何を知ってるの？」

怒りで握った拳がぶるぶる震えた。私のことならいい。だけど、蒼梧さんのことを否定されるのは許しがたかった。あのときに、彼に私たちの歴史を話す価値はないと流さなければよかった。こんな嫌なことを言われるくらいなら。

「これも夫の洗脳だって言うならそう取ればいい。あなたがどう思おうと、私は夫が好きだしこの子の父親は彼だけ！」

中泉くんは完全に気圧された顔で呆然と私を見ていた。おそらく彼の中で私はおとなしいお嬢さんなのだろう。こんな剣幕で怒られるとは思わなかったに違いない。

「ごめんなさい……」

小さな声が彼の口の中で聞こえた。

店員さんが青い顔で近づいてきて「お客様……」と声をかけてくる。迷惑をかけたし、すぐにこの店から出よう。

すると、スマホが振動しているのに気づいた。画面には蒼梧さんからのメッセージ。

【青山に来ています。芙美さんの家ですか？　迎えにいってもいいですか？】

蒼梧さんは私たちを迎えにきたようだ。芙美に会いにいくと言ったから彼女の住まいがある駅まで駆けつけたのだろう。おそらく、私と伊織が出発してすぐに家を出たのだ。

「芙美、夫が迎えにきてくれたみたい。せっかく時間作ってくれたけど……」

芙美がうんうんと頷く。

「旦那さんと帰りな。むしろ、ごめんね。嫌な思いさせたね。こいつにはもう近づかせないから」

「またね」

私は芙美に言い、中泉くんを見た。

「嫌な言い方をしてごめんなさい。もう連絡を取り合うのはやめましょう」

彼は答えなかったけれど、アプリはお互いにブロックし合うようにすればいい。彼の方は芙美に説得してもらおう。

店を出て蒼梧さんに連絡をした。彼は路側帯の近くの一時駐車スペースに駐車していた。車の横に立っている。

「蒼梧さん！」

呼びかけてベビーカーを押していくと、蒼梧さんが駆け寄ってきた。

「勝手に来てしまってすまない」

「いえ、ちょうど話が終わったところだったので」

蒼梧さんはいぶかしげに首をひねる。会ったばかりの芙美と話が終わったとはどういうことだろうと思われたに違いない。

詳しく説明するのは今でなくていい。それより、私は蒼梧さんに言いたいことがあった。

「私、もう絶対離婚したいなんて言いませんから」

蒼梧さんが驚いた顔をする。突然、そんなことを言われて意味が通じていないようだ。

私は一生懸命説明する。

「蒼梧さんが転勤を断ったりするのは、私がまた寂しくてふてくされたり、離婚だって言いだすのが不安だからですよね。私、もうそんなこと言いません。あなたが好きだから、自分から別れるなんて言いません」

「愛生、きみは」

「私の言葉が蒼梧さんのプレッシャーになっているのは嫌なんです」

すると蒼梧さんは私をそっと抱き寄せた。優しいハグだった。

「馬鹿だね。そんなことを考えていたのかい？」

蒼梧さんは私の耳元でささやく。

それからすぐに身体を離し、ベビーカーに飽きて騒ぎ出した伊織を抱き上げてくれた。

「今回の転勤の話は、本当に断れる状況だったから断ったんだよ。もし受けるべき時が来たら、まずは愛生に相談する」

「ほ、本当ですか」

「ああ。というか、俺が手掛けているプロジェクトが詰めの段階でね。それを放り出したくないと上長に言ったところ、理解してもらえたよ。だから、愛生と伊織と都内にいたいのも間違いないけれど、今は俺が職場を変えたくない」

蒼梧さんは現在警視正の立場にある。部下を抱え、プロジェクトを動かす立場の人であるのは知っているけれど。

「もしかして、私早合点していました……？」

蒼梧さんはチャイルドシートに伊織を乗せ、ベビーカーをトランクに積みながら笑っている。

「いや、俺がそれを先に説明すればよかったよ。きみに注意されて、なんだかしょげてしまって。ふてくされた態度を取って悪かった」

それを反省して迎えにきてくれたなんて、やっぱり蒼梧さんは優しい。

助手席に乗ると、運転席から蒼梧さんが顔を近づけてきた。あっと思ったときには唇が重なっていた。

「あとね、きみと離婚する気は絶対ないから」

「蒼梧さん……」

「また離婚を切り出されたら、全力で回避できるよう努力するよ。何度でも、きみの心を取り戻す」

その情熱的な言葉に、私はすっかりやられてしまった。世界で一番、私の旦那様は格好いい。

「はい……」

ぽやぽやしながら、うっとり答える私を、蒼梧さんは満足そうに見つめていた。

8

日々はつつがなく過ぎていった。

中泉くんからはあの後芙美を通じて謝罪の連絡があった。私の気持ちを考えず失礼なことを言ったという内容だったけれど、おそらく彼は女性に対してある程度『女の子はこういうもの』という決めつけがあったのだろう。

私は彼が思うところの『おとなしいお嬢さん』のテンプレだったのかもしれない。いきなり怒り出した私を見て、驚いて固まってしまったのは、彼の予想を超えていたから。明るく友人想いの人だけれど、相手を先入観なしで見られる人じゃないと私は友情も結べない。

一方で私自身ももっと自己主張をすべきなのだと思った。一歩引いて相手の出方を見て行動するから、今回みたいに相手にぐいぐいと距離を詰められて困ることになる。嫌なものは早い段階で嫌と言えばいい。芙美からも中泉くんを仲介してしまったことを謝られたけれど、私にも落ち度があるということは伝えた。

すべて落ち着いた後に、蒼梧さんには事の次第を話した。ないとは思うが、後々何かトラブルになったときに、彼が知らなかったという状況の方がよくないと思ったのだ。

「それなら、愛生はきちんと自己主張できるようになっていると思うよ」

蒼梧さんは穏やかに言った。

「確かに出会ったばかりの頃は、俺に遠慮していたけど、最近はなんでも主張してくれるからね」

「私、そんなに主張していますか？」

驚いて尋ねると蒼梧さんが楽しそうに答える。

「外食先や遊びにいく先は、昔は俺にお任せだった。今はきみが『〇〇が食べたい』って言ってくれる。俺が無理しそうになると休めと怒ってくれる。伊織を甘やかそうとすると注意してくる。ほら、俺に対しては結構なんでもびしっと言ってくれるようになってるよ」

言われてみれば、同居を再開してから蒼梧さんにはどんどん主張するようになっている気がする。完璧超人に見えていた蒼梧さんも、たまにお酒を飲んでソファで寝てしまったり、風邪っぽいのに仕事に行こうとしたりしてしまう。さらに伊織が可愛くて甘やかしてしまうので、この前も公園でソフトクリームを食べてお昼ごはんが食べられなくなったのを注意したばかりで……。

「それは夫婦なので。……色々慣れてきたんだと思います」

「俺としてはもっと主張してほしいし、たまに我儘も言ってほしいくらいだけどね」

「駄目。蒼梧さんは私のことも甘やかそうとするから」

私がぷっと膨れたのを蒼梧さんは笑って見ていた。


季節が巡り、六月に蒼梧さんは三十七歳になった。伊織もすくすくと成長し、あっという間に蝉《せみ》が鳴く時期がやってきた。

去年の今頃、私は離婚を考えていて一時帰国してきた蒼梧さんとぶつかったのだ。

一年経って、私たちの状況は大きく変わった。私は蒼梧さんを愛し続けようと決め、彼は私と伊織をこの世界で一番の宝物として扱ってくれる。

幸せでくすぐったい日々。ずっとこの毎日が続くといいのに。

しかし、お盆の少し前、父から電話があった。

「再発……？」

父の重々しい口調で告げられたのは母の病の再発だった。母は前回の手術で悪い部分はほとんど切除したものの、小さな病巣は薬で治療をしていた。投薬も終わり、経過観察をしていたそうだが、病巣が他の臓器で大きくなっているらしい。

『薬を変えるより先に、目立ってきた悪い部分を切除した方がいいそうだ。十二指腸の一部切除と聞いている』

父の言葉を聞きながら、絶望感を覚えた。こんなことを考えてはいけないけれど、母の命に期限があるのではと思ってしまった。

もともと最初の時点で母の病気はある程度のステージに進んでいた。毎年健診を受けていたこともあり、当初は進行性の腫瘍を疑われた。幸い進行性の悪性腫瘍ではなかったけれど、病気の部分は胃以外にも飛んでいた。副作用のある投薬治療も耐えたのに。

いや、母本人や伴侶の父はもっとつらいだろう。私が怖がっていてはいけない。敢《あ》えて明るい声で言った。

「経過観察を続けていてよかったね。お母さんには悪いところを取って、元気になってもらおう。手術は私も病室で待機するし、闘病も一緒に頑張ろうね。なんでも手伝うから」

『ああ、ありがとう。だけど、愛生も家族がいる。無理はしなくていい』

「お父さんとお母さんも家族だよ。ひとり娘なんだからできることをさせて」

電話を切り、伊織と遊んでくれている蒼梧さんに話す。蒼梧さんは私の電話の様子からなんとなく察していたようだ。

「そういうわけで、母の手術日が決まったら伊織をお願いしたいんです」

「ああ、休みを取るから、きみはお義父さんと病院で待機した方がいい。こういうのは待っている家族もつらいだろう。お義父さんを支えてあげてくれ」

「ありがとう、蒼梧さん。正直、すごく助かります」

蒼梧さんは当たり前のように家族を優先してくれる。それができるのは日頃から彼が職場で信頼される仕事をしているからだろう。

蒼梧さんに頼れるところは頼って、実家のことをさせてもらおう。


母の手術は九月初旬だった。手術に向かう母を病室で見送った。六時間ほどかかると言われていたので、父と院内の中庭を散歩したりレストランで食事をしたりした。

予定より早く手術は終わり十五時頃母は病室に戻ってきた。全身麻酔からは覚めているが、まだ朦朧《もうろう》としているようだ。

「愛生、大丈夫?」

母がうわごとのように言うので、私は母を覗き込む。

「私はどこも悪くないよ。手術したのはお母さんでしょ。痛くない？　つらくない？」

「愛生はひとりの身体じゃないんだから」

そんな言葉を繰り返し言って眠ってしまった。

「寝ぼけたようになる患者さんもいらっしゃいますから」

看護師に言われ、父も頷く。

「愛生がつわりで入院じたときに、すごく心配していたからな。あの頃に母さんも最初の手術だったし、記憶が当時と混ざってしまったのかもしれないな」

父に言われ、私はどきりとした。

実はしばらく月のものが来ていないのだ。母の病の再発がストレスになって、遅れているのかと思っていた。そもそも、妊娠しているならあの激烈なつわりが起こるはず。今は胃が痛むくらいだし、それも母の病状の不安感からだと……。

母の手術の説明を医師から受け、ひとまず病巣の切除が終わり術後の回復を待って投薬していくという治療計画を聞いた。安心できる報告にホッとし、帰路についた。

帰り道、最寄り駅で妊娠検査薬を買う。調べておいた方がいいだろう。

帰宅すると蒼梧さんと伊織はいない。今日は何時になるかわからないと言ってあるので、ふたりで早めの夕食を外に食べに出かけたのかもしれない。二歳四ヶ月の伊織はイヤイヤ期真っただ中なので、きっと外食も大変だろう。大丈夫だろうか。

そう思いつつ、まずは検査薬を試してみることにした。伊織のときは風邪で受診して妊娠がわかったため、検査薬を使うのは初めてだ。

「あ……」

陽性の判定に言葉を失う。思わず検査薬のパッケージを裏返して確認してしまったくらい。

「赤ちゃん」

妊娠している。お腹に伊織の弟か妹がいるのだ。

蒼梧さんと第二子を検討し始めて数ヶ月。赤ちゃんがやってきてくれた。

手帳で最終月経を調べると六月末だ。週数を計算してみて、今がすでに九週目であることに気づいた。妊娠三ヶ月、伊織のときはひどいつわりに苦しんでいた時期だ。つわりの症状がないことに逆に不安になる。いや、月経予定日だけではあてにならない。排卵がズレていれば、まだつわりが始まらない時期という可能性もある。

蒼梧さんが伊織を見ていてくれている今なら、ひとりで病院に行ける。

伊織を出産した病院の予約フォームを開けると、最後の診察時間帯がひと枠だけ空いていた。今からなら間に合いそうだ。

私はいても立ってもいられず病院を目指して再出発したのだった。

二十時、帰宅するとちょうど蒼梧さんが寝室から出てきたところだった。

「おかえり。お疲れ様」

「ただいま。伊織は」

「疲れて眠ったよ。寝かしつけする暇もなかった」

蒼梧さんがたくさん遊んでくれたからだろうか。伊織の寝かしつけに手間取らなかったのはよかった。

「それより、お義母さんの手術はどうだった？　遅くまでかかったね。長引いたのかい？」

「ううん、母の手術は順調で早く終わったくらい。私はもう一か所、病院に行ってきて……」

私はハンドバッグから超音波写真を撮りだした。差し出すと、蒼梧さんが目を見開いた。

「赤ちゃんがいます、ここに」

お腹を触ってみせる。病院で確認できたのは赤ちゃんの小さな姿と心拍。サイズ的にやはりもう九週程度らしい。

するとと、蒼梧さんが間髪入れずに抱きしめてきた。

「愛生！」

感極まった声に、私も目元が熱くなってきた。

「伊織の弟か妹です。来年の四月に生まれますよ」

「ありがとう。身体を大事にしよう。今度は出産まで離れないし、絶対に立ち会うからな」

その熱心な声に、私は思わず泣き笑いしてしまった。

「蒼梧さん、伊織のときと反応が違いすぎます。あのときはもう少し淡白でしたよ」

蒼梧さんは驚いた顔をして、恥ずかしそうに目を伏せる。

「あの頃はまだきみに遠慮があったんだ。はしゃいでいるところを見せられなかったし、それにきみは風邪をひいていた。俺が大興奮している場合じゃないだろう」

そうだったんだ。彼なりに伊織のときも嬉しさが爆発していたなんて知らなかった。

「そうだ。伊織のときはつわりがひどかった。入院するくらいきみは痩せてしまって。今は大丈夫なのか？　吐き気を我慢して暮らしていたのか？」

当時を思い出し、蒼梧さんが慌てて尋ねてくる。私は彼の過保護な愛情に笑いながら、首を左右に振った。

「不思議なことに今回はまだ胃痛くらいしか起こってないです。ごはんも食べられますし、匂いも気になりません。赤ちゃんによって違う人もいるみたいですよ」

「そんなことがあるのか……人体の神秘だな……」

「今、九週目なのでもう少し吐き気なんかは出てくるかもしれないですが、伊織のときほどではなさそうですよ」

蒼梧さんは驚いた様子で頷いている。それからまたしても思い出したのか私の顔を覗き込んでくる。

「出血などはないな？　切迫流産で入院したのは九週目か十週目だったよな」

「今のところ何もないですが、充分注意して異変があればすぐに病院に行きますね」

「頼む。俺が仕事中でも連絡してくれ。すぐに帰ってくるから」

「もう蒼梧さんったら」

伊織を妊娠したときは、大人で落ち着いた対応だった蒼梧さん。私が強がっても、べそをかいても、包容力のある態度だった。あれも私に遠慮し、年上たろうとしていたからなのだ。今、そんな余分な感情をとっぱらった彼は、第二子妊娠に大興奮。喜びと心配でメンタルが千々《ちぢ》に乱れている様子。

可愛い人。こんな表情を見せてくれるようになった彼がいっそう愛しい。

「蒼梧さん、大好きです」

たくましい身体に腕を回してささやく。蒼梧さんのぬくもりは熱いくらい。

「蒼梧さんがいてくれて、伊織がいてくれて、この子が来てくれて幸せです」

「ああ、俺も嬉しいよ。幸せだ」

「母の病気が正直不安で、胸がつぶれそうな毎日でした。この子が来てくれたことが救いになる気がします。私にも、両親にも」

「愛生、それは少し背負わせすぎだよ」

蒼梧さんが身体を離して、私の顔をじっと見つめた。優しい目をしている。

「確かにこの子の存在は家族みんなを照らしてくれる。だけど、この子に家族の精神的な希望を求めたらいけない。それはこの子に背負わせすぎだ。この子にはこの子の生まれてくる意味がある」

そうか。蒼梧さんの言う通りだ。

赤ちゃんを授かったことが、母の生きる希望になるのは間違いない。私や父を支えてくれるのも間違いない。

伊織の遊び相手にもなってくれるし、熊本の義両親もどれほど喜んでくれるかわからない。

だけど、この子にあれこれ希望を託しすぎたらいけない。

この子は私たちの子だけど、ひとりの人間なのだ。

「蒼梧さんの言いたいこと、伝わりました。この子は生まれてくれるだけでいい」

「ああ、元気な産声を聞かせてくれて、健やかに育ってほしい。願うのはそれだけだ」

私たちはもう一度きつく抱きしめ合った。蒼梧さんの腕はもちろん、お腹を圧迫しないように優しく私を包んでくれたけれど、私は夢中で彼にしがみついた。

お腹の中の小さな命。私と蒼梧さんの二番目の赤ちゃん。

あなたに会える日まで、パパとママは一生懸命あなたを守るよ。

生まれてからも精一杯大事にするよ。

だから、頑張って大きくなってね。元気な顔を見せてね。


母の術後の経過はよく、投薬治療が始まる少し前に両親と私で旅行に出かけることができた。投薬が始まると免疫が落ちるので、薬の前や休薬期間に旅行やイベントを楽しむ患者は多いそうだ。一泊二日の旅行の間は蒼梧さんが伊織の面倒を見てくれた。

蒼梧さんはすっかり慣れたもので、伊織に関してはひとりで判断してなんでもできる。自分も育児の担当者であるという自覚があるから、主体的に動けるのだろう。これはお腹の赤ちゃんが生まれた後もものすごく頼りになりそうだ。

蒼梧さんとお留守番してくれた伊織のおかげで、私は両親に親孝行の旅行ができた。福島《ふくしま》県の有名なお宿で、母とのんびりできたのは本当にいい思い出になった。母の手術の痕を気遣って部屋風呂付きのプランにしたけれど、母は大浴場や離れの露天風呂にも行きたがったので、本人の気持ちも上向いてきているのかもしれない。

私は十週目につわりのピークが来たものの、症状は胃痛くらいだった。この旅行の頃にはすっかりよくなり、宿の美味しい食事を味わえたのはよかった。

妊娠初期の眩暈や立ち眩みはあったので「温泉では気を付けるんだよ」と旅行前に蒼梧さんには散々言われたものだ。

旅行から戻り、母は投薬治療に入った。副作用はやはりつらそうだったけれど、母は気丈に振る舞っていた。

お見舞いに実家に行くと、家事を率先してやっているのだと父がぼやいていた。

「孫が増えたら、今度はみんなで旅行に行きたいわね」

そう笑顔で言う母には、この前の旅行も私のお腹の赤ちゃんも希望に見えているのだろうなと感じられた。

蒼梧さんとも話した通り、お腹のこの子に背負わせるつもりはない。だけど、みんな勝手にこの子の未来と希望を見る。そうして心を奮い立たせる。それでいいのだと思う。

この子がお腹に来てくれたタイミングはやっぱり運命的だ。

「愛生は大丈夫?」

父が買い物に出て、私が新しいお茶を淹れると母が口を開いた。

「大丈夫だよ。つわりももうないし。っていうか、お母さん手術の後も私の心配をしていたからね。手術したのは自分なのに」

笑って答えると、母は困ったように頬に手を当てて言う。

「なんかね、聞いちゃうのよ。愛生のことが心配で」

言葉を切って、母は窓を見た。マンションの高層階の窓から見える秋の空は高く、ちぎれ雲がぽかりぽかりと浮かんでいる。

「今にして思えば、私もお父さんもあなたに結婚を急がせすぎたわね」

「なあに、そんなふうに思ってたの?」

「愛生は私たちが四十代で授かった子でしょう。私もお父さんも、自分たちに何かある前に愛生を安心できる人に預けたかったの。それが結婚だった。でも、あまりに愛生の人生を無視してきたように思うのよ」

母はこちらを見ずに自嘲気味に続ける。

「自分たちは仕事仕事で生きてきたくせに、子どもには早く結婚して孫を見せろなんて勝手よね。愛生は幼い子どもじゃないからひとりで生きていく選択肢だってあった。やりたいことだってあったかもしれないのに、私たちの願いで結婚させてしまった」

やりたいことはあった。保育士になりたかったからそのために勉強したんだもの。児童養護施設で働くのも夢だった。

「私がやりたかったことは、この先も叶《かな》えられる夢だよ」

私は答えた。両親の勧めだったけれど、選択したのは自分。

「蒼梧さんとお見合いした後に『やっぱりまだ結婚したくない』って言うことはできたでしょ。でもしなかったの。私が蒼梧さんのこと、好きになっちゃったから」

照れ笑いをしながら続ける。

「蒼梧さんと結ばれたこと、伊織を授かったこと。全部、私が選んだ道だと思いたい。社会の中で成長できる部分もあれば、家族の中で成長できる部分もある。私は家族を持つことで少しだけ大人になれたと思ってる」

「愛生」
「伊織やお腹のこの子の手がかからなくなったら、学生時代にやりたかったことにチャレンジできるか考えてみる。蒼梧さんも応援してくれると思う。私、結構欲張りだから安心して」

私の笑顔に母は安堵したような顔をしていた。母がそんなことを思っていたなんて知らなかった。

長くビジネスパーソンとして頑張ってきた母を尊敬している。家庭では母親の役目もできる限り努めてくれた。いつか、私が社会で働くとき、母に聞きたいことが増えるかもしれない。そのときも変わらず元気でいてほしい。

「早く治そうね、お母さん。私もまた温泉行きたいよ」

赤ちゃんはすくすくお腹の中で大きく育っていった。前回の妊娠は妊娠悪阻で入院、切迫流産で入院と最初から色々あった私だったけれど、今回はすべて順調すぎるくらい順調だ。

伊織のときはいつまでもお腹が大きくならず、胎動を感じたのも遅かったため、ちゃんと育ってくれているのか不安だった。

今回は早々に胎動を感じたし、妊娠六ヶ月の頃にはぽっこりお腹が丸くなってきた。性別はまだ確定じゃないけれど、六ヶ月健診で見えた画像によると女の子かもしれないとのこと。

蒼梧さんは女の子と聞いた瞬間から、女の子用のベビー服やおもちゃの下見を始めた。相当浮かれている。これは私がしっかり手綱を握っておかないと、生まれる前に山のように買い物をしかねない。

「まだ確定じゃないですからね」

「ああ、わかってる。だけど、うちは伊織の男の子用のものばかりだから」

「女の子が青いロンパースを着ていたっていい時代だと思いますよ」

「でもひらひらのレースやリボンがついた服を着せたくはないかい？」

それは見たいけれど……。いやいや、蒼梧さんの気が早い暴走は止めなければならない。

「ともかくもう少し待ちましょうね」

「待ち遠しいな」

そう言って、蒼梧さんは私のお腹を撫でる。私のお腹が大きかった時代、蒼梧さんはアルゼンチンにいた。写真で私の妊婦姿は見ているけれど、実際に見るのは今回の妊娠が初めて。

蒼梧さんはしょっちゅう私のお腹を触ってくる。いとおしそうに撫で、お腹の赤ちゃんに語りかける。

伊織のときに私をひとりにした罪悪感があるのかもしれない。ことさら、私を気遣い大きなお腹を大事そうに扱う蒼梧さん。

彼の気持ちに応えるためにも、元気な赤ちゃんを産みたい。

一方で、すべてが順調ではなかった。我が家には結構大変な問題も勃発していた。

伊織である。

「ママのばか！」

伊織は今日も怒っている。二歳七ヶ月になった伊織は毎日イヤイヤ全開だ。二歳児特有の主張活動も、言葉と運動機能が達者になってくると結構手を焼く。

また妊娠六ヶ月になり膨らみ始めた私のお腹のせいで、以前より抱っこに慎重になっているのがよくない様子。もちろん、抱っこしないわけじゃないけれど、ソファに座っているときにお腹にダイブされたり寝ているときに上に乗られたりというのを避けている。その都度伊織には説明している。

「ママのお腹に、伊織の弟くんか妹ちゃんがいるから優しくね」

伊織は伊織なりに理解している。

理解しているからこそ面白くないのだ。

「少し早いけど、赤ちゃん返りかもしれないな」

蒼梧さんは言う。最近は育児書で幼児の生態や、これから生まれてくる第二子のために赤ちゃんのお世話を学び直しているのだ。

「お腹の赤ちゃんに嫉妬して、我儘がひどくなっているんじゃないだろうか」

「それはあるかもしれませんね」

伊織に我慢させている点はあるのだ。そして、この先そういったシーンはもっと増える。

「もっと伊織を優先してあげないとと思うんですけど」

「きみは充分やっているよ。俺が伊織と遊ぶ機会を増やす。赤ちゃんが来ても、伊織は伊織で、パパとママは伊織が大好きだって伝われば安心してもらえると思う」

蒼梧さんは有言実行とばかりに土日は伊織とたくさん遊んでくれた。ふたりで少し遠くの公園やテーマパークに遊びにいき、くたくたになって帰ってくる。そんな日の伊織はいきいきとして機嫌もいい。

しかし、平日に私とふたりきりになるともう駄目だ。

ごはんを食べないと怒り、必要な用事で出かけるときもベビーカーを拒否、買い物中に床にひっくり返ってしまったことも一度や二度じゃない。お昼寝の頃は毎日大泣き。眠いのに、お昼寝はしたくないようだ。

「おひるねはやだぁ！　ママきらい！」

「伊織、でも今寝ないと、夜ごはんを元気に食べられないよ」

「よるごはん、きらい！」

「じゃあ、トイレに行こうか。ほら、伊織の好きなパンツはいてみよう」

最近始めたトイレトレーニングはまったく成功しないものの、トレーニング用のオムツを気に入っているのだ。色がついていてキャラクターが描かれているのが、大人のパンツみたいに見えるのかもしれない。

「ぱんつ、だめ！　だめだめだめ！」

今日は効果なしのようだ。

さすがにくたびれた私は、泣きじゃくる伊織の横でばたっと布団に倒れ込んだ。伊織はまだ手足を振り回して泣いている。泣き止ませて寝かせる努力はしたいけれど、ママだって疲れちゃうのよと心の中で伊織に話しかける。

今がこの状態で、出産後はどうなってしまうのだろう。

伊織はもっともっと怒りんぼの我儘っこになってしまうのではなかろうか。不安でいっぱいになりつつ、私はお腹を撫でた。

「そうかぁ、それはつらいね。夜は寝られてる？」

この日、遊びにきてくれたのは芙美だ。私はこくんと頷き、家の中を走り回る伊織に視線を送る。

「夜はまとまって寝てくれるから、体力回復できるよ。だけど、昼間がね。イヤイヤ期の子どもって本当に大変なんだなあって」

中泉くんの件で責任を感じてしまった芙美は、夏くらいまで私に連絡を控えていたようだ。私は芙美の責任とは思っていないし、彼氏との恋愛話も聞きたかったので連絡はしていた。母の闘病や私の第二子妊娠がわかる前のお盆頃に、蒼梧さんも交えて食事をしている。芙美とはこの先も家族ぐるみで仲良くしていきたいのだ。

「伊織は一年くらい前からこの状態だけど、赤ちゃんの存在でイヤイヤがひどくなってるみたい」

「発達の段階だって聞くし、姿の見えない赤ちゃんに嫉妬してるなんてむしろ賢いって思っちゃうけど、実際に面倒を見てる愛生は参っちゃうよね」

「土日に蒼梧さんがたっぷり相手してくれるから、我が家はまだマシな方なんだと思う」

芙美がはあと感心したようにため息をついた。

「旦那さん、本当にいい人。うちの彼氏にも見習ってほしいくらい」

「芙美の彼氏だって、わからないよ。結婚して赤ちゃんができたら変わるかも」

「子どもは三人ほしいとか言われるけどね。面倒見られるのー？って聞いたら『俺、子どもに好かれる方だから』って超適当な返事。好かれるとか関係ないし、面倒は見るか見ないかだし」

芙美は苛立った顔で文句を言う。そんなことを言っているけれど、つまりは彼と結婚を見据えて交際しているということなのだろう。結婚がすべてではないけれど、芙美が安心できるパートナーを見つけてくれたら嬉しい。

「駄目パパになる前に、愛生の旦那さんに修行をつけてもらおうかな」

「まあまあ、うちは離れていた期間があったから余計だよ」

「今は当時悩んでいた愛生を想像できないくらいだよね。旦那さん、寂しくさせた分を帳消しにしたくて頑張ってくれたんだ」

「そうかもねえ」

　すると、伊織がばたばたと走ってきて、芙美の膝によじ登ろうとする。

「伊織、駄目よ」

「あー、大丈夫だよ。抱っこさせてもらおうかなあ、伊織くん」

　芙美が伊織を膝に乗せると、伊織は嬉しそうな笑い声をあげた。芙美の膝の上でおやつのりんごを食べてご機嫌だ。

　私にはこんなご機嫌な顔をなかなか見せてくれないのにな、と寂しい気持ちになる。

「伊織くん、りんご好き？」

「すき。いちごもすき。なしもね、すきなの」

「じゃあ、今度来るとき、たっくさんフルーツ持ってきちゃおうかな」

「やったー！」

　無邪気に喜ぶ伊織に複雑な気持ちを覚えつつ、芙美のおかげで伊織の気晴らしになったことを感謝した。

　しかし、その芙美が帰るとなったとき、伊織はまた怒り出した。

「だめ！　帰っちゃだめ！」

　芙美のコートのすそを引っ張って猛烈に怒る。どんなになだめても落ち着かないので、気をまぎらわせるために芙美を駅まで送ることにした。

「いやっ、のらない！」

ベビーカーも乗車拒否。仕方なく伊織のペースでのろのろと駅まで歩いた。芙美は「私は暇だからいいんだよ」と笑っていたけれど、せっかくの休日に振り回してしまって申し訳ない。

高輪ゲートウェイ駅までくると、電車の音や人の流れに目を奪われたのか、素直に芙美を見送ってくれた。

「さあ、伊織、帰ろうね」

伊織はむすっとしている。

「お夕飯はお野菜でスープを作るけど、お肉も焼こうかな。スーパーに寄ろうか。伊織の好きなりんごさんも買おうかな」

話しかけるものの、伊織は反応してくれない。

スーパーの近くまで歩いてくれたものの、歩道で立ち止まりしゃがみこんでしまった。

「疲れたかな？　ベビーカーに乗ってくれればよかったね」

並んでしゃがむのはお腹が苦しくて無理なので、膝に手を当て腰を折って顔を近づける。これは大変だけど抱っこして帰らなければならないかなと中腰になり伊織を立ち上がらせようとしたときだ。

「きらい！」

伊織が怒鳴って、私のお腹をぽこんと叩いた。本当にぽこんという程度の衝撃だった。だけど、伊織は小さな拳を握って私のお腹を叩いたのだ。怒りによって。

「こら！」

咄嗟《とっさ》に私は怒った。怖い顔をして、厳しい口調で。

「ここには伊織のきょうだいがいるんだよ。どうしてそんな乱暴なことをするの。暴力は絶対にやっちゃいけないことだよ！」

どこまで理解できるかなどと考えなかった。私は私でショックだったのだ。暴れることはあっても私のお腹に攻撃してきたことは一度もない。憎しみを込めて叩くなんて、信じられない。

「伊織！」

私の剣幕に、伊織の目にぶわっと涙の粒が盛り上がった。

「うわあああ！」

伊織が声をあげて泣き出したかと思うと、私の腕をすり抜けて駆け出した。

中腰になっていた私は伊織の腕をつかみ損ねる。このくらいの子どもが突然走り出すことは多く、普段は気を付けていたつもりだった。それなのに体勢とお腹がつっかえたせいで、ほんの一瞬反応が遅れた。

伊織が歩道と歩道の切れ目に駆けていく、そこはスーパーの駐車場入り口。自転車も車も行き来する場所だ。

「伊織っ！」

叫んで手を伸ばした私の視界に自転車。驚いて転倒する伊織。

血の気が引いた。

「わ、うわああああ！」

伊織がさらに火が付いたように泣き出した。道路に転がって大泣きしている。

「大丈夫ですか!?」

伊織がぶつかりそうになった自転車の女性が降りてきた。子どもを乗せる後部座席付きの電動自転車だ。自転車は左右を見てゆっくり通行していたし、伊織はスーパーの看板の死角から猛スピードで飛び出してきた。驚いたのは彼女の方だろう。

「申し訳ありません。息子が飛び出してしまいまして」

私は駆け寄って伊織を助け起こす。

「いえいえ、私も左右確認が甘かったかもしれません。このくらいの年齢だとパッと走り出しちゃうんですよね。ぼく、大丈夫かな？」

しかし、伊織はすさまじい声で泣き続けている。

「たい、いたいよ！　いたいよー！」

ズボンが裂け擦り傷ができているのはわかる。しかし、痛がり方が尋常じゃない。

「伊織、どこが痛いの？」

伊織は説明できない。ただ、様子を見ようと左腕に触れると大きな悲鳴をあげた。

その様子を横で見ていた自転車の女性が言う。

「病院がいいかもしれません。整形外科でかかりつけはありますか？」

「あの、ないです」

そもそも、伊織がこの状態でどうやって運べばいいのだろう。身体を触るだけで叫び声をあげるのに。

「あの、私の自転車で運びましょう。子どもの座席、もう使っていないんですが、まだシートベルトもクッションも劣化してません。痛いところに響かないように自転車は押しますから」

「よろしいんですか？」

「ええ。整形外科もかかりつけがないなら、この近くにうちの子がかかったことがある病院があるのでそこに行きましょう」

一も二もなく頷いた。女性に手伝ってもらい、痛がる伊織をどうにか子どもシートに乗せて、腕を避けてシートベルトをした。あとは暴れないように私が支え、彼女が自転車を押して整形外科に向かったのだった。


その後、治療を終えた伊織と私が帰宅したのは十八時過ぎだった。病院内では泣いていた伊織もタクシーに乗った瞬間ぐったりと眠りこみ、今は寝室で深く眠っている。

間もなく蒼梧さんが帰ってきた。

伊織の怪我《けが》については連絡しておいたので、彼も急いで仕事を切り上げて帰ってきてくれたようだ。

蒼梧さんは眠っている伊織を起こさないようにそっと寝室をのぞいて戻ってきた。

「左腕の骨折か」

「転んだときに手をついたか、ぶつけたみたいです」

伊織の左腕は、前腕の尺骨《しゃっこつ》が折れていた。

「自転車にぶつからなかっただけよかったよ。もっとひどい怪我をしていたかもしれない」

「ええ、本当に。自転車の女性には迷惑をかけてしまいましたが、加害者にしてしまわないで本当によかったです」

「その人には今度御礼に行こう。病院まで送ってくれたんだろう。いい人に助けてもらえてよかったな」

頷きながら涙が出てきた。

「愛生」

蒼梧さんが私の肩をそっと抱いてくれる。だけど、私は不甲斐なさでいっぱいだった。

「私がちゃんと見ていればこんなことには」

「急に走り出したんだろ。俺も伊織といて、ひやっとすることはたくさんある。今回は運が悪かっただけだ」

「私、直前に伊織をきつく叱ってしまったんです。『嫌い』ってお腹を叩かれて。それが悲しくて、ショックで、厳しく怒ってしまいました。そうしたら伊織が駆け出して……」

蒼梧さんがわずかに黙った。

それから、ふうと息をつく。

「伊織がそんなことをしたなら、叱られて当然だ。暴力はいけない」

「だけど、伊織はきっと寂しくて、どうしようもなくて、お腹の赤ちゃんにぶつけてしまったんです。それをわかっているのに……」

涙があとからあとからこぼれた。伊織を愛しているのに、伊織を苦しめている。お腹の赤ちゃんも伊織もどちらも大事だけど、伊織にとってママは私たったひとり。心の逃げ場がなくなって当然だ。

「愛生、なんでも背負い込まないでくれ」

蒼梧さんが私の涙を指で拭ってくれる。

「伊織はこれから兄になる。伊織にとっては最初の試練だ。伊織が乗り越えなければならない」

「でも、伊織はまだ三歳にもなっていないんですよ」

「だからってきみが伊織の痛みをすべて受け入れたら、背負い込みすぎだ。きみの愛情はこれから生まれてくるこの子にも注がれなければいけない。伊織がひとり占めすることはどうしたってできないんだ」

蒼梧さんはそう言って私のお腹を撫でた。

「俺ときみができるのは伊織を支えること。試練を乗り越えるのは伊織自身」

「伊織を悲しませないでしょうか」

「悲しいのも怒るのも伊織の感情の発露だから抑え込む必要はない。ただ、いけないことはいけないと言おう。今日のことは伊織が目覚めたら、俺も話す。ママと赤ちゃんを攻撃してしまったことと、周りを見ずに駆け出して事故に遭いかけたことがいけないと伝えるよ。あの子は賢いから、きっとわかってくれる」

蒼梧さんの大きな手が私の頭を撫でた。大好きな低い声が身体に響く。

「お疲れ様、愛生。伊織が怪我をして、きっときみが一番つらかったね」

私は顔をくしゃくしゃにして声をあげて泣いた。怖かった。大事な大事な伊織があんなふうに泣いて痛がる姿を見て、つらくて仕方なかった。

それが私のせいで起こってしまったのだと思うと耐えきれない痛みだった。

蒼梧さんは私が落ち着くまでずっと抱きしめてくれていた。


伊織の怪我は全治一ヶ月という診断。しばらくは何をするにも不便な状態で、自分でも動かしてしまって痛くて泣くのを繰り返していた。しかし、すぐに片手の生活に慣れてしまった。器用に片手で遊び、おもちゃの車を家で乗り回す伊織にひやひやしたのは私で、それなりに神経をすり減らして監視する毎日だった。

伊織を助けてくれた女性は近所に住む小学生のママで、その後家族で御礼に行った。頭を下げる蒼梧さんと私を見て彼女は恐縮していた。用意していったお菓子は小学三年生の娘さんが大喜びしていたのでよかったと思う。

子どもは治りが早いと聞いていたけれど、本当のようだ。一ヶ月もすると伊織はギプスをはずし、今まで通りの生活が送れるようになった。

伊織のイヤイヤはまだ続いている。怪我をしていっときひどくなったくらいだ。だけど、蒼梧さんがあらためて伊織を叱ったことについては彼なりに理解したらしい。

あれ以降、伊織は私のお腹に攻撃的な態度を取らない。むしろ、私のお腹を撫でて話しかけている。

「にいちゃ、らよー」

「ぷりん、食べる？　にいちゃは食べるよ」

「いつ出てくるのー？」

まだ見ぬきょうだいに話しかける姿が兄らしくもあり、いじらしくもあった。伊織は寂しさを覚えながら、これからやってくるきょうだいに愛を示すことを学んでいる。

そんな息子を、私はしっかりと抱きしめるのだった。

9

桜が咲く季節がやってきた。三月末、私は出産の日をそわそわと待っていた。

「いつになるかドキドキするものだな」

休日のお昼ごはんにパスタを作ってくれた蒼梧さんが、食卓の準備をしながら言う。伊織は蒼梧さんの周りを「ちゅるちゅるごはん～！」と自作のパスタソングを歌いながら駆け回っている。

「一日違うと学年が違う時期ですからね。伊織と二学年違いになるのか、三学年違いになるのか」

出産予定日は四月二日。早まれば上の学年、予定日以降なら次の学年になる。

「愛生は二月生まれだから早生まれだったね」

「そうですね。四月生まれの子と発達に差があるって言いますけど、私は身体が小さいくらいであまり他に差は感じなかったと母が言っていましたよ」

「個人差だものな」

蒼梧さんがうんうんと頷き、キッチンに戻りながら続ける。

「あとは、三学年差だと入学時期が被ると言うね。つまりは受験時期も重なるわけで。それは中高一貫校や大学付属に入れればいいか。いや、外部受験すると言いだせば受験は必要だし、留学ともなれば……」

「蒼梧さん、飛躍しすぎです。気が早いにもほどがあります」

初めて間近で迎えるお産が楽しみすぎて、蒼梧さんは未来までありとあらゆる可能性を考え尽くしているようだ。蒼梧さん本人は国内最難関の国立大を出て、国家公務員試験に受かっている人なので、子どもたちにも同じ道を期待するかもしれない。でも、さすがに二歳児と胎児を前に気が早すぎだ。

「確かにそうだな。俺が一番落ち着いていなくてすまない」

そう言って照れ笑いする蒼梧さんはとても可愛い。もともと無邪気なところがあるのだと、再同居してようやく知ることができた。お互いの新たな面がよく見えた一年四ヶ月だったように思う。

「できたよ」

蒼梧さんが食器を運んでくるので、伊織を捕まえて邪魔させないようにする。すでにお腹ははちきれんばかりで、伊織を押さえ込もうと前かがみになるのもきつい。

なお、お腹の赤ちゃんは女の子でほぼ確定だそうだ。部屋には女の子用の衣類やおもちゃがすでにあふれている。これでもかなり蒼梧さんを止めた方なのだけど……。

「愛生？　どうした？」

くすくす笑っている私を蒼梧さんがいぶかしげに見つめる。

「いえ、蒼梧さんが伊織と赤ちゃんのためにたくさん考えてくれているのが嬉しいなって思います」

「きみのことも考えてるよ」

そう言って、エプロンで手を拭いてから私の鼻のてっぺんをちょいとつつく。

「愛生は今日も可愛いなって思ってる」

「もう、蒼梧さん、すぐにそうやってからかうんだから」

「からかってない。本気で可愛いと思ってる」

心外と言わんばかりの顔をして、蒼梧さんは私の唇にキスを落とした。

「パパ、いおりも！」

伊織が足元でぴょこぴょこ跳ねるので、蒼梧さんはしゃがみこんで伊織のおでこにもキスをした。本当にいつの間にこんな甘々パパになってしまったのかしら。

それから一週間以上、私のお産の兆候は訪れなかった。張りもなく痛みもない。

伊織のときは予定日より二日早く陣痛がきたのに、今回はあっさりと予定日を過ぎてしまった。これで伊織とは三学年違うことになるけれど……私のお産はいつ来るのだろう。

蒼梧さんはいつお産になってもいいようにお仕事を調整している様子。お産が始まったらすぐに産休を取るそうだ。

父と投薬治療を終えた母も応援に駆けつけてくれる予定なので、おそらくは陣痛の連絡を待っているに違いない。

「あかちゃん、はやくでておいでー」

伊織は毎日お腹の赤ちゃんに話しかける。最近は嫉妬の感情より楽しみの方が大きいようで、なかなか出てきてくれない赤ちゃんに会いたくて仕方ない様子だ。

「ママ、赤ちゃん、くるかなあ」

「もう少しだね、きっと」

「もうすこしっていつ？」

「ママもわかんない」

焦れる気持ちは多少あったけれど、伊織だけのママでいられる最後の期間が少し延びた。この期間に可能な限り伊織を抱きしめ、愛情を注げばいい。

「愛生、少しいいか？」

予定日から二日経った夕方のことだ。早めに帰宅した蒼梧さんが縁側で呼んでいる。行ってみると、そこにはお茶の準備がしてある。伊織がお茶菓子のお饅頭《まんじゅう》を皿に入れて持ち、とことこやってきた。

私が洗濯物を片付けている間に伊織とふたりで準備したようだ。

「どうしたの？　お茶会？」

「お花見だよ」

どうやら、夕食前にちょっとしたイベントらしい。

日没から一時間ほどの暗い中庭に桜の花びらが舞っている。我が家の庭に桜はないけれど、ご近所の桜の花びらが夜風に乗って飛んでくるのだ。

月はまだ出ておらず、我が家の灯りと通りの街灯が春の夜を演出する。春らしく暖まった風にちらちらと舞う花びらを、伊織は指さして目で追っていた。散り際の花吹雪はなんとも美しい。

「風流ですね」

「ふうりゅうね」

伊織が私を真似て言って、先にお饅頭をぱくりと口に運んだ。夕飯はこれからなんだけどと思いつつ、たまにはいいかと考え直す。

縁側に座り、家族三人で夜の桜吹雪を見ているなんて、本当に風流で素敵な時間だ。

「ふと、こういう一瞬を大事にしたくなってしまったよ」

「家族三人でお花見ですか？」

「ああ、もう少しで四人になるね」

蒼梧さんの横顔は静かで綺麗。出会った頃から年を重ねているのに、その年齢分いっそう魅力的になっている気がする。

「来年は四人でお花見をしましょうね」

「ああ、遠出して桜の名所に行ってみてもいいね。旅行はしたことがなかったし」

「いおり、しんかんしぇんのりたい」

私たちの言葉に間髪入れず伊織が言い、思わず笑ってしまった。

「そうだな。まだ新幹線は乗ったことがなかったな」

「今度乗ろうね、伊織」

「ひこうきもだよ。くまもものおじいちゃんとおばあちゃんちに行くよ」

熊本を『くまもも』と覚えている伊織がおかしくて、私たちはくすくす笑う。

夜風に桜が舞う。家の中まで春の気配が充満している。私は胸いっぱいに新しい空気を吸い込んだ。

束《つか》の間《ま》の平和な時間。家族四人になっても、こうしてたまに縁側でお茶を飲もう。私たちらしい団らんの瞬間だと思うから。


出産予定日から一週間後、私はお産のために入院となった。

陣痛が来たからではなく、赤ちゃんがすでに大きくなっているためだった。私は骨盤があまり大きくないらしく、これ以上赤ちゃんが大きくなると経腟《けいちつ》分娩が難しくなるそうだ。

時期も時期なので、分娩を誘発することになった。

「うちのことは任せてくれ」

お産まで少しかかるということで、蒼梧さんと伊織は自宅待機だ。両親もいつでも駆けつけてくれるとのこと。

子宮口を開くためのバルーンを入れ、歩き回ったりして過ごす。翌日の午前中に陣痛を促進する薬の点滴も始まった。

すると、午後にははっきりと痛いと感じられる張りがきた。陣痛だ。懐かしい陣痛に、伊織のときの痛みを今更思い出した。あのときは両親は病室で待機してくれていたし、義両親も東京を目指してくれていたものの、いきなりの強い痛みがすごく怖かったのだった。

いや、怯《おび》えている場合じゃない。今回は蒼梧さんがいてくれる。伊織はうちの両親に預け、立ち会い出産を申請している。

赤ちゃんにも早く会いたいし、勇気を出して出産に挑もう。

蒼梧さんがやってきたときには、陣痛はそれなりに強くなっていた。今夜にはお産になるかもしれないと医師も助産師も私たちも感じていた。

痛みにうめき声が出るくらいになると、蒼梧さんがさすがに心配そうな顔になってくる。

「愛生、つらいか？」

「大丈夫……です。っっつう……」

私がこれほど痛がっている姿を見たことがないのだろう。蒼梧さんは甲斐甲斐《かいがい》しくスポーツドリンクを飲ませてくれたり、汗を拭いてくれたり。助産師に聞いたやり方で腰も押してくれる。

「蒼梧さん、ありがとう」

「いや、俺がやりたいからやってるんだ。邪魔なときは言ってくれ」

邪魔じゃないけれど、絶え間なく来る痛みに会話の余裕がなくなりそうだ。ときに蒼梧さんの声が聞こえず、気が遠くなる。分娩台に移動した頃には痛みでずっとうーうーうめいていた。

お産はなかなか進まない。痛みが強く、感覚も狭まっているのに赤ちゃんが下りてこないのだ。

何時間苦しんだだろう。伊織のときよりずっと苦しい気がするけれど、実際どうなのだろう。第二子はお産が軽いと勝手に思っていた分、そろそろ体力的に限界だ。

痛みと痛みの狭間《はざま》に医師が声をかけてきた。

「巴さん、ご相談があります」

「なんでしょう」

もう声が出ず、自分ではそう言ったつもりだったが音声になっていなかった。

蒼梧さんが代わりに聞いてくれる。

「赤ちゃんの様子ですが、少し苦しくなってきています。回りながら出てくる方向が逆で、お産の進行が止まっています。母子の安全のために、帝王切開の分娩に切り替えたいと思っています」

帝王切開。お腹を切るということだ。今回も経腟分娩のつもりでいたから、帝王切開は知識で知っているという程度の認識だった。

しかし、私はためらわなかった。

「お願いします」

かすれていたけれど、声になった。

「愛生、俺もそれでいいと思う。きみが大丈夫なら」

「この子の安全が一番だもの」

陣痛発作の合間に、精一杯そう言った。蒼梧さんが心配で泣きそうな顔をしているのに気づく。気丈で冷静な彼にこんな顔をさせているなんて。私の急な手術で不安だろう。だからこそ私は声を振り絞った。

「帝王切開で、産みます。お願いします」


赤ちゃんの泣き声を聞いたのは明け方だった。

手術室で部分麻酔だったので、大きな産声が聞こえた。すぐに真っ赤な顔で泣く女の子の顔を見せてもらった。

ああ、ようやく会えた。伊織もこんな顔をしていたように思うけれど、どうだったかしら。

蒼梧さんに早く会わせてあげたい。抱っこさせてあげたい。

そう思いながら、私はうとうととまどろんだ。まだ手術中だというのに、強烈な睡魔がやってくる。不思議な感覚とともに私の意識は遠くなっていった。


次に覚醒したのは朝の病室だった。

「愛生、起きたかい?」

ベッドの横の椅子に蒼梧さんがいる。

「蒼梧さん、赤ちゃん」

「ここにいるよ」

よく見れば、私の真横で蒼梧さんの隣にベビーコットが置かれ、赤ちゃんはそこですやすや眠っていた。

「小さい。可愛い」

生まれたての我が子は、ふにゃふにゃの赤ら顔だ。髪の毛は薄く、身体はわりとしっかりして見える。伊織のときはもっと頼りなく小さかった。

それでも、久しぶりに見る新生児に出てくる感想は「小さい」だった。

「生まれたての赤ん坊ってこんな感じなんだね。伊織には一歳を過ぎて会ったから、全然違うんだと今更実感したよ」

「首が据わってないので、しばらくは抱っこも緊張しますよ。慣れてくださいね」

「わかった。気を付ける」

それから蒼梧さんは私の頭を何度も撫でてくれる。

「急な帝王切開、頑張ってくれたね。手術中にきみが眠ってしまって、医師の指示で起きるまで寝かせておこうってことになったんだ」

陣痛に苦しんだ時間が長く、体力的には限界だった。赤ちゃんの産声で気が抜けてしまったのかもしれないけれど、自分でも手術台で眠ってしまうとは思わなかった。

「お産って思いがけないことが起こるんだって身を持って知りました。よかった。無事に生まれてくれて」

「きみが無事でよかった」

蒼梧さんの細められた目には深い安堵が見えた。私が同じ立場でも、きっとすごく心配しただろう。

「愛生、ありがとう。命をかけて赤ん坊を産んでくれて」

「蒼梧さんがいてくれたから、怖くなかったんですよ」

私はぎしぎしいう身体の痛みに耐え、腕を伸ばした。蒼梧さんの頬に触れる。

「蒼梧さん、愛しています」

「俺もきみを愛しているよ」

蒼梧さんの瞳から涙が滑り落ちるのが見えた。不安がほどけて、涙になって流れていったみたい。

「泣かないで」

「すまない。泣くつもりはなかったんだ。気が緩んだかな」

「あなたが私たちの傍にいてくれると言ったように、私も蒼梧さんと子どもたちから離れません。絶対に」

「ありがとう」

私たちはそっと唇を重ねた。柔らかく触れるだけの優しいキスに、私もじわじわと安堵で心が満ちてくる。

蒼梧さんの瞳から新たな涙が流れた。

「もう、そんなに泣かないで」

「ああ、これは感動の涙かもしれない。俺、ふたりの子の父親になったんだなって実感してるんだ」

「そうですよ。伊織とこの子のパパです」

私は蒼梧さんの頬の涙を指で拭う。すると、ふにゃふにゃという小さな声が横から聞こえてきた。

「赤ちゃん、目覚めたみたいですね」

「愛生とこの子が目覚めたら呼んでくれと看護師に言われていたんだった」

蒼梧さんが慌ててナースコールを押す。私は身体を起こそうとして、お腹の傷が痛むことに気づいた。お腹を切ったのだから当たり前だろうけれど、思ったより痛い。この痛みで授乳などはできるのだろうか。してもいいのだろうか。

伊織もしばらくは抱っこしてあげられないのかな。

それでも、久しぶりの新生児のお世話にワクワクした気持ちが抑えられなかった。すべてが楽しみ。私は二児のママになったのだ。

蒼梧さんと私、出会って四年目の春だった。

エピローグ

二十一時、玄関のドアが開く音がする。

私はそっと布団から起き上がり、音をたてないように廊下へ出た。そろそろと玄関に向かうと、帰宅してきた蒼梧さんの姿。

「おかえりなさい」

「ただいま、愛生。伊織と紬《つむぎ》はもう眠ってしまったか」

「ええ、二十時にはぐっすり。つむちゃんは昼も夜もよく寝る子です」

紬と名付けた第二子は、現在生後一ヶ月半。伊織のときと違って、今のところ寝かしつけには苦労していない。

「毎日、起きている間に帰りたいと思ってるんだけれど、なかなか難しいな」

「異動前最後のお仕事でしょう。引き継ぎもあるでしょうし、無理しないでくださいね」

蒼梧さんは来月から警視庁に出向になる。警察庁からの転勤だが、警視庁は東京都の警察機構で警察庁とは目と鼻の先。必然、引っ越しの必要はない。

おかげ様で当分はこの家で家族四人暮らせそうだ。

「伊織はちゃんと二十時に布団に行くかい？」

蒼梧さんは鞄を片付けつつ、伊織の出しっぱなしのおもちゃも一緒に片付けてくれる。私は彼の分の夕食を温め直しながら答えた。

「お兄ちゃんとして手本を見せなければならないと思うみたいで、必ず一緒に布団に入ってくれますよ。つむちゃんを眺めているうちにぐっすりです」

赤ちゃんの頃から寝ぐずりが多く、幼児になってからもなかなか夜は布団に入りたがらない伊織は、最近進んで早寝をしてくれている。

「日中、元気いっぱいだから夜は眠いはずなんだよな。ようやく自主的に寝てくれるようになったか。それにしても、紬はよく眠っているんだね」

「つむちゃんはどれほど伊織がうるさくしていても眠いときはスパっと寝ますね。たまに迷惑そうにぐずりますけど、あやさなくても寝ちゃいます。肝が太いというか……」

「不思議だな。本当に子どもによって違うよ」

蒼梧さんが夕食を食べ終わるまで、向かいの席に座り、色々なことを話す。

伊織の面白い発言や行動、紬の発達、ふたりの様子など育児のことばかりだ。あとは、家族のことや友人のこと。スーパーでこれを買ったとか、雑誌で見たこの施設に行ってみたいとかそんな他愛のない話。

蒼梧さんは話せる範囲でお仕事の話をしてくれる。あとは未来の話をよくする。子どもたちがどんな習い事をするかとか、どんな学校に通わせたいかとか。

ときには子どもが巣立った後の話をする。そのたび蒼梧さんは「年下のきみに介護を任せるわけにはいかないから、健康でいなければ」と運動や健康への意識が強くなるようだ。確かに少し年は離れているけれど、蒼梧さんの方が体力もあるし頑健なので、むしろ私こそ健康に気を付けないとなあと思うのだ。

「ねえ、蒼梧さん」

食後に蒼梧さんのお茶を淹れて、私は微笑んだ。

「幸せですね」

些細な出来事の積み重ねで成り立つこの日々。私たち家族の主成分は幸せだ。他愛のない話を続けられること。未来を夢見ること。目が合って、笑い合えること。きっとすべてが私たちが満ち足りて暮らしていることの証《あかし》なのだと思う。

「きみと出会ってから、ずっと幸せだよ。俺は」

蒼梧さんは静かに言った。それから慌てて言う。

「いや、きみと離れているときはつらかったし、きみに離婚を切り出されたときは生きた心地がしなかった」

「生きた心地って大袈裟《おおげさ》ですねえ」

「本当だよ。今だから言えるけれど、相当焦って夫婦関係改善や女性の気持ちがわかる的な本を電子書籍で購入したくらいで」

私はぶふっとお茶を噴き出した。ティッシュで口を拭って笑いながら顔を上げる。

「そ、それ本当に初耳です」

「初めて言ったからそうだろうな。格好悪いとは思ったけど、どうしたらいいかわからなかったよ。一時帰国からアルゼンチンに戻って熟読した」

「参考になりましたか？」

「いや、ならなかった。海外赴任で妻子を置き去りにし孤独にしてしまったケースの解決策が皆無だった」

「調べ方がピンポイントすぎますよ」

私は堪えきれず、お腹を抱えてひいひい笑ってしまった。申し訳ないけれど、そこまで必死だった蒼梧さんが可愛すぎる。

「結局、誠心誠意愛情を示すしかないと思ったよ。きみの心が動くまで」

それについてはまっすぐな気持ちを伝え続けてくれたと感じる。私は立ち上がって、彼の隣に回り込んだ。そして、その頭をぎゅっと抱きしめる。

「愛生」

「ちゃんと心が動かされた結果です」

蒼梧さんも私の腰に腕を回す。

「失わずに済んでよかった。大事な妻も、子どもたちも」

これからもすれ違うことはあるかもしれない。だけど、互いへの愛を信じていれば、きっともうあのときのように悲しみで心が曇ることはないだろう。

私たちは誓ったのだ。離れずに生きていくと。

「離婚なんか絶対にしません。蒼梧さんを世界で一番愛していますので」

「ああ、離婚なんて絶対に願い下げだ。俺は愛生に生涯夢中だからね」

私たちは微笑んで、甘いキスを贈り合った。

番外編　あの日恋に落ちるまで

品川駅から乗った東海道《とうかいどう》新幹線は、土曜の朝ということもあって観光に出かける様子の客が多かった。座席は三分の二以上埋まり、駅弁やコーヒーの香りが車内を漂っている。

「パパーっ！　すごいねぇ！」

指定席に座り、伊織は窓にべたりと張り付いた。どうしても座席に膝立ちになりたがるので、仕方なく靴を脱がせる。

伊織はずっとハイテンションで、子ども番組で覚えた新幹線の歌を無限に口ずさんでいる。ちなみに数日前から歌っていると愛生が言っていた。

発車ベルに歓声をあげる伊織に「しー」と注意しながら、俺は小さな息子とのふたり旅の始まりを実感していた。

三歳とひと月が経った伊織と、今日は男同士の日帰り旅行。

旅行の一番の目的は伊織の希望である新幹線に乗ること。目的地を熱海《あたみ》にしたのもそのためだ。

いくら新幹線に乗りたがっても、相手は三歳児。長時間乗車には耐えられず、すぐに飽きてしまうだろう。熱海なら乗車時間は一時間に満たないし、夏の近づく海辺は清々《すがすが》しくて歩き回るだけでも楽しいに違いない。ロープウェーや遊覧船に乗るのも伊織にはいい経験になるはず。幸い今日はよく晴れている。

なお、愛生には「絶対に海には入れないでください」と厳しめにくぎを刺されている。海開き前なのでもとより入れる気はないが、気温が高ければ足だけでも浸して遊んでいる人は多い。それを見たら伊織が自分も入りたいと言いだすだろうとのことだ。

確かに最低限の着替え程度しか持っていない日帰り旅行で、海でびしょ濡れになるのは避けたい。海水でべたべたになった伊織を見たら、愛生がどれほど冷ややかに怒るだろうか。愛生が怒ることはあまりないので、そんな冷たい視線も浴びてはみたいのだが、今回はやめた方が無難そうだ。

「パパぁ、しんかんしぇん速いねぇ」

伊織ははじける笑顔だ。この旅行が決まってから、念願の新幹線乗車を指折り数えて待っていた。小さなリュックに自分の荷物を「んしょ、んしょ」と一生懸命詰め、背負って歩いてみては中身を入れ替えるというのを繰り返していたと愛生が教えてくれた。今朝も朝四時に布団の上にダイブされて起こされている。

「伊織、お昼は何を食べたい？」

「ハンバーガー！」

「うーん、もう少し何かないか？」

「そだねー」

せっかく観光地に行くのだからと尋ねてみてはいるが、子どもと一緒なら無理せずハンバーガーでもファミレスでもいいようにも思えてきた。平日この暴れん坊の男子をひとりで見ている愛生は、きっとそのあたりは臨機応変にやっているに違いないのだから。

四月に第二子出産を終えたばかりの愛生は、毎日育児にかかりきりだ。どんどんパワーが増していく伊織と、生まれたばかりの長女・紬。ふたりの面倒を見るのは大変だろう。しかも、四月から伊織は週一回のプレ幼稚園も始まっている。その都度、実家からお義母さんに来てもらって紬を預け、伊織とふたりで午前中いっぱい入園予定の幼稚園に出かけてくるのだ。

その上、家事もこなそうとしてくれる。俺も分担しているとはいえ、育児も家事も完璧は無理がある。しかし、愛生は頑張ってしまう性分のようだった。

そんな忙しい愛生に少しでも楽をしてほしい。

伊織も、紬を気にせず思い切り遊ばせたい。

その結果がこの旅行である。今日一日、愛生は紬とのんびり過ごしてもらう予定だ。紬は幸いよく眠り、今のところさほど手がかかる赤ん坊ではない。愛生も自分の時間を過ごしたり、紬と一緒に昼寝をしたりできるのではないだろうか。

「しんかんしぇんたのしいねぇ。パパといっしょ、たのしいねぇ」

愛らしくお喋りする息子。俺に似ているかもしれないが、目は愛生に似ていて大きくて丸い。

愛生が産んでくれた可愛い子だ。結婚に興味も期待もなかった俺が、今は愛生に出会えなかった世界を想像できない。伊織と紬のいない世界を考えたくもない。

愛生と結婚できてよかったとこんな瞬間にしみじみ感じるのだ。

＊＊＊

「見合い？」

「そう、一度くらいはどうかと思って」

両親が遠慮がちに提案してきたのは、今から四年半前。俺が三十三歳の年の暮れだった。

「私たちも七十代が見えてきたし、蒼梧がこの先ひとりで生きていくのは心配だなあと考えるようになったのよ」

「子どもは無理にとは言わないが、嫁さんはいいものだぞ。支え合える存在がほしくはないか？」

ニコニコしながら様子をうかがうように尋ねる両親は、おそらくこれまで何度も見合いについて言いだそうとしたのだろう。しかし、口にしなかった。

俺が両親の希望で夢を諦めたからだ。

警視庁の白バイ隊員。それが俺の子どもの頃からの夢だった。

両親と同じ国立大に入学し、いざ採用試験となったときに両親に懇願された。国家公務員一種試験を受け、官僚の道を歩んでほしい。自分たちと同じようなキャリア形成をしてほしい。

両親からすれば、自分たちの生活はモデルケースだろう。やりがいのある仕事、金銭的にも安定している。俺が目指していた警察官は、危険と隣り合わせの職業でもある。やんわり止めたくなる気持ちもわかる。

ひとり息子の俺は、両親の安心を選んだ。ここまで育ててもらった恩もあるし、官僚の道も面白そうだと感じていたからだ。警察庁に希望を出したのは、それでも憧れた世界に関わっていたかったからだろう。

入庁してからすぐに関西《かんさい》に転勤、その後も都道府県警を転々とした。キャリア組、いわゆる警察署の幹部としてではあるが、警察署内で役職を務め事件の捜査本部にも関わることができた。たたき上げの警察官たちにはお高く留まっていると揶揄《やゆ》されることもあったが、気に病むこともなく自分の職務に邁進《まいしん》した。

階級は警部補からスタートし順調に警視まで昇任。地方から警察庁に戻ってきて、一年と少しが経っていた。

順風満帆だ。だからこのタイミングだったのだろう。

「考えておくよ」

俺の答えは両親の喜ぶものだったようだ。早速両親は相手を探し出した。

恋人は社会人になってからはいないし、結婚に興味関心はない。女性が嫌なのではなく、家族を作るのが面倒だった。他人と生活をともにするということは、価値観をすり合わせ協力して生きるということ。

今の時代は男女平等。家族ができれば、仕事をしながら家事や育児の手間が増える。どう考えても俺ひとりで生きていった方が楽である。

それでも両親の希望は無下にしたくなかった。両親がひとり息子の将来を心配し、孫の顔が見たいと望むことを否定できない。

年が明け少し経つと両親はほくほく顔で身上書を持ってきた。

「隈井愛生さん、女子大の四年生よ。もう少しで卒業なんですって」

写真の女性は振袖姿だ。大学四年といえば二十二歳。ずいぶん若い人を探してきたなと思ったが、顔を見てもっと幼くて驚いた。可愛らしいぱっちりした目が、いっそう彼女を童顔に見せていた。

「こんなに若いお嬢さんが見合い結婚？」

「親御さんが私たちと同期でね。お父さんと同じ法務省の方なのよ」

なるほど、親同士が知り合いで同じ省庁の官僚なら変な相手ではないとよくわかる。こういった特殊な職業をしていると、価値観が一般人とズレることもしばしば。職場が同じというのは、かなりの安心材料になり得るのだ。

「わかった。会ってみる」

答えてみたものの、向こうの方が嫌がるのではないかと思ったのも確かだ。彼女からしたらひと回りも年上で、職種的に転勤もある。東京で生まれた女子校育ちのお嬢様には、いい相手ではないだろう。

実際に初めて会った愛生は、とても若く幼い雰囲気だった。写真とは違う振袖を着て、髪を結い上げた彼女は人形のようだ。

写真で見るより女性的で美人だと思った。凛《りん》とした佇《たたず》まいもすっと伸びた背筋も、彼女が丁寧に愛され大人になった人なのだと感じる。

（やはり、こんなに可愛くて若い女性とはあり得ないな）

これほど綺麗で愛らしい女性なら、二十代の若い経営者や老舗の御曹司などと縁づくのが一般的だろう。転勤の多い公務員では鼻も引っかけてもらえないに違いない。

ふたりきりで話したときは、お互い親のための見合いだと確認した。

彼女が見せた笑顔や会話に対する瞬発力で、コミュニケーションが得手な人なのだと思った。控えめだが聡明な女性だ。

俺のかつての夢について話したときも、彼女は真剣に聞いてくれた。そして、自分も夢を諦めた方だと語った。

「よかった。蒼梧さんの進んだ道は次の夢に繋がっていたんですね」

そう言ってキラキラした大きな瞳で俺を見つめる彼女に、正直どきりとした。共感だけじゃなく、俺の今を心配している。それは似た境遇の彼女にとっても、未来の自分への期待なのかもしれない。

だけど、この瞬間俺は少しだけこの愛らしい若い女性と通じ合った気がした。運命といったらチープかもしれないが、これほど年下の女性と同じ感情を理解し合えるなんて思わなかったのだ。

いや、妙な期待はやめよう。彼女と俺では釣り合わない。

こちらは断る理由がなかったから、交際の申し込みはしておいた。おそらく向こうから断ってくるだろう。女性側から断った方が恥をかかせずに済むと考えたところもある。

「隈井さんのお嬢さん、ぜひ交際したいとおっしゃってるわよ」

母の言葉に驚いてしまった。こんな年上の男のどこに魅力を感じたのだろう。同世代より老け顔だし、声もドスが利いていて女性に好かれはしないはず。

とはいえ彼女が俺にメリットを感じ、結婚相手として生理的に嫌じゃないなら嬉しい。

あれほど愛らしい女性が結婚してもいいと言ってくれている。通じ合ったと感じた瞬間は、俺だけではなかったのだろうか。

初めてのデートで切り出した結婚の話。もし嫌ならここで彼女から引くだろう。

「蒼梧さん、私たち結婚しましょうか。私もちょうどいいご縁だと思います」

そう答えた彼女は、決意を秘めた目をしていた。

条件がいいから結婚する。見合い結婚ならそれでいい。

しかし、彼女の大きな瞳を見つめ、俺は自分が浮かれているのを感じていた。チープでもなんでも、運命を信じてもいいと思えたのだ。


一方で交際から結婚までの期間、俺は保護者のような思いで愛生と接していた。ほどよい距離で紳士的に、一線を引いて付き合ってきた。

ひと回り近く年下の女性をいきなりそういった目で見られるかというと、俺の場合はノーだ。見た目も幼い愛生は余計に庇護《ひご》すべき対象に思えた。

そもそも淡白な方で、性欲もそこまで強くはない。女性が必須という気持ちも薄い。

しばらくは、今まで通り保護者の立場を貫き、彼女の気持ちが整ったら関係を進めればいい。

俺は大真面目にそう思っていた。……同居初日までは。

ひとつ屋根の下、ともに食事をとり、風呂上がりの彼女を見て心拍が上がった。落ち着けと思いつつ、俺も男だったのだなと実感した。

しかし、俺を突き動かした決定打は彼女の大きな目。

寝室で、彼女は何か訴えたげに俺を見ていた。恥ずかしそうにしつつ、態度にも出せない言葉を呑み込んでいる。

胸が高鳴り、言うつもりがなかった言葉が漏れた。

「きみが応じてくれるなら、今夜夫婦になりたいと思っている」

そのつもりだったと彼女が答えて、身体が熱くなった。俺の感じたものは間違っていなかった。彼女は求めてくれていたのだ。やはり、俺たちはぴったりと合う。そうに違いない。女性に対する原初的な欲求の高まりを久しぶりに感じ、我慢できずに彼女に口づけた。

その晩のことは忘れられない。結婚式の誓いのキスだけで震えた彼女に優しくしようとは心掛けた。初体験を嫌なものにしたくない。それと同時に、自分の中に狂暴なほどの欲が湧き起こるのも感じていた。食い荒らしてしまいたいという熱情。自分が獣のような気持ちになるとは思わなかった。

ふたつの感情に揺れながら、彼女を抱いた。愛生は目に涙をため初めての痛みに耐えてくれ、そんな姿に胸が苦しくなった。やがて、俺にしがみつき夜を超える頃には甘い声が漏れていた。

最初の晩から俺は毎晩のように愛生を求め続けた。世間的に見れば、若い新妻の身体に溺れていると笑われるかもしれない。しかし、この愛しさと強い欲情は自分でも説明できない。

愛生に触れていたい。本当は夜が明けても離したくない。

彼女の優しい声で名前を呼んでほしい。大きい水晶のような瞳で俺を見つめてほしい。

今まで女性にこれほどまで執着したことがあっただろうか。俺はあっという間に愛生の虜になった。

毎夜、熱くしつこく求めてしまう分、昼間はなるべく淡白に節度を持って接しようと決めていた。しかし、気づけば愛生に触れたくなってしまう。隣に寄り添っていたい。髪を撫でてキスをしたい。

思えば、俺は出会ったときから彼女に惹かれていたのだろう。

彼女の幼い容姿や年の差を理由に、大人ぶって接していただけ。一度触れてしまったらもう駄目だった。彼女のすべてに惹きつけられる。

幸せだと思った。

親の勧めた見合いだったが、彼女と出会えてよかった。久しく忘れていた熱い恋の感情を思い出せたのだから。

俺は愛生に熱烈に恋をし始めていた。

愛生の前では極力穏やかで冷静でいようと思った。大人として彼女が頼りにしてくれるような男であろう。そう思っていた。

しかし、宵闇の部屋で向かい合うと理性がはじけ飛んでしまう。情けなくも彼女の魅力に夢中になり、一生懸命その甘い身体を貪ることしかできないのだ。

愛生はどこまでも懐深い女性だった。俺のすべてを受け止め、同じように求めてくれる。

愛していると伝えることすら恥ずかしい出会ったばかりの俺たちが、褥の中では対等だった。

そんな彼女が妊娠した。

そのときの喜びは言葉にできない。最初に知らせを聞いたとき、俺は職場で小さくガッツポーズをした。しかし、風邪で高熱を出している彼女を前にはしゃげなかったし、子どものように興奮した姿を見せるのもはばかられた。

大人の余裕を持って、身体に気を付けてほしいことを伝えた。思えば、このあたりから俺の対応には誤りがあったのだろう。

愛生はつわりが元で入院し、退院してきたと思ったら切迫流産でまた病院に逆戻り。さらには義母の病気もわかり、愛生の精神状態はかなりよくないはずだ。俺にできることは彼女の負担を減らすこと。

決まっていた海外赴任についてこなくていいと言ったのはそのためだ。

本当は俺だって愛生についてきてほしい。愛生の大きくなっていくお腹を見たいし、赤ん坊が生まれてくる瞬間は傍にいたい。しかし、それは俺の我儘だ。

妊娠中にトラブルがあれば、言葉が通じる日本の方が対応しやすいに違いない。義母の手術や闘病にひとり娘の愛生が近くにいたら、家族にとってどれだけいいだろう。

俺の提案に愛生はうつむき、素直に頷いた。彼女も理解していたのだろう。

彼女が退院し、間もなく俺はアルゼンチンへ旅立った。

別れ際、寂しそうな彼女の顔に切なくなった。いとおしい。この健気な妻と、しばらく離れ離れの生活だ。

言いたいことはたくさんあった。

しかし、それを言えば未練になる。彼女もいっそう寂しさが募るだろう。

すると、彼女の瞳に大粒の涙が盛り上がり、堰《せき》を切ったように頬を伝い始めた。自分でもどうにも止められないようだった。

胸がつぶれそうになった。今すぐすべてを放り出してしまいたい。愛生と離れて暮らすなんて耐えられない。涙を流す愛しい妻を置いていけない。

俺はせりあがる激情を必死に抑え込んだ。彼女の涙を指で拭い、そっと唇を重ねる。キスだけですべてが伝われば、彼女は俺の想いの強さに驚くだろう。しかし、人間はそううまくできていないのだ。

「愛生、好きだよ」

初めて口にした愛の言葉だった。

見合い婚の間柄で軽々しく口にできなかった。彼女から親愛の気持ちは感じていたけれど、自分との気持ちの温度差を思うと口に出せなかった。

だけど、言いたい。

きみが好きだ。出会ったあの春の日から、きっとずっと。

「私も蒼梧さんが大好きです」

彼女のさくらんぼのような小さな唇から漏れた愛の告白に涙が出そうだった。信じてもいいだろうか。彼女もまた、俺を想ってくれていると。

ああ、その言葉があれば遠い地でも頑張れる。きみとお腹の子のために。

俺は単身アルゼンチンへ渡った。愛しい人とその身体で育つ宝物を残して。

俺はアルゼンチン、愛生は日本、離れての生活が始まった。

海外赴任が初めてだった俺は、最初のうちはすべてのことが大変だった。大使館内は日本語と英語でどうにかなるが、現地の人間と話すためにはスペイン語が必須。出発前に学んだとはいえ、自在に使えるわけではない。仕事上は外務省の職員で堪能な者に通訳を頼むが、プライベートは買い物ひとつとっても苦労した。細かなニュアンスが伝わらないのだ。

太陽がまぶしく美しい国だったが楽しむ余裕はなかなかない。

愛生からは数日おきに連絡がきた。

日々の些細な出来事や、妊娠経過を伝えてくれる。メッセージを嬉しく思いつつ、愛生はあまり頻繁に連絡はしたくない方なのかもしれないと思った。同僚の若手独身者は日本に恋人を残してきた者も多い。彼らは毎日のように連絡を取り合っているそうだ。

愛生は二、三日に一度、簡単な連絡をしてくる。俺が返事をすればそれで連絡は途切れる。

若者はメッセージを送り合うのが好きなのだと思っていたが、愛生は違うのかもしれない。そんな距離感すらわからず、結婚してしまったのだとこのとき実感した。

俺はこちらからは連絡を控えることにした。時差もあるし、愛生がメッセージのやりとりを苦痛に想うのが嫌だった。

後々知ったことだが、愛生は愛生で俺に気を遣って連絡を控えていたそうだ。

お互いを慮った結果、俺たちには隙間のような溝が生まれ始めていた。

連絡は頻繁ではないものの、俺が愛生を想わない日はなかった。会いたいし、声を聞きたい。毎日愛生の笑顔を見られた数ヶ月がいかに幸せだったかを思い知った。

もっと早く好きだと言えばよかった。愛生の「大好き」という告白を心の支えにしていたからこそ、たった一度しか聞けなかったことが悔やまれた。早く帰国して、想いを伝え合いたい。

一方で不安もあった。愛生はやっと二十三歳になるほどの若さ。離れていれば心も離れ目移りされてしまう可能性もある。

あれほど可愛い愛生があの年齢まで恋人がいなかったのが奇跡なのだ。妊娠中とはいえ、誰か愛生に言いよる男が現れたら大変だ。

愛情を伝えるために俺はプレゼントを贈った。愛生の誕生日にバッグを、昨年見合いで初めて出会った記念日には花束を贈った。愛生が喜ぶ顔を想像し、いっそう気持ちを募らせた。

当然、愛生の出産時期に一時帰国の予定を合わせた。しかし、まさかそこで総理の外遊が重なるとは思わなかった。外遊の予定は数ヶ月前から外務省にもたらされるが、今回は米国《べいこく》に行く予定に追加された格好なのでかなり急だ。

総理の到着より前に警視庁からＳＰが先着部隊として入る。警備と警護のプランを地元警察や軍と連携して作らなければならず、総理帰国後は膨大な書類作成や地元への挨拶などに追われることになる。

現地警備の責任者が、嫁が出産なんですと帰国できる状況ではなかった。

熊本の両親に愛生のサポートを頼み、俺はアルゼンチンで愛生の出産報告を待った。痛い思いをして我が子を産んでくれる愛生に何もしてやれない。苦しく悔しく、不甲斐ない思いだった。

愛生から出産の報告と息子・伊織の写真をもらったときは涙が出た。早く会いにいきたい。ふたりを抱きしめたい。

しかし、俺に帰国する機会はなかなか訪れなかった。

伊織が生まれてから、その成長報告としてメッセージは増えた。

愛生からくるメッセージが日々の楽しみだった。しかし、伊織の写真は送られてくるが、愛生の写真がない。息子の写真が嬉しくないわけじゃない。それは嬉しい。だけど俺は最新の愛生の写真がほしいのだ。

「きみは変わりないか？」

さりげなく尋ねてみたが、写真がほしいという意味には伝わらなかったようだ。はっきりきみの顔が見たい、写真がほしいと言えばよかったのに、格好をつけて言いそびれた俺は仕方なく母に頼んでふたりのツーショット写真を数枚送ってもらった。

伊織を抱く愛生は聖母のように清らかで美しい。可愛いだけでなく、母の慈愛までにじませている。こんな愛生を抱きしめることができないのはいっそ苦痛だった。

「ソウゴ、あなたの家族？」

ふたりの写真を職場のデスクに飾ると、声をかけてきたのはミランダ・ディアス。

彼女は俺が赴任してきたときから、やたらと距離を詰めてくる現地採用の女性だ。同僚たちの話では気に入った日本人男性と付き合うのが趣味らしく、職場を乱すのでやめさせたいが、彼女の父親が地元の名士で誰も意見できないとのこと。

「ああ、そうだよ。愛する妻と生まれたばかりの息子」

「子どもみたいな奥さんね。あなたってロリータ趣味なの？」

クスクス笑われ、俺は真面目にムッとした。普段はミランダにどんなちょっかいをかけられてもスルーしてきた。しかし、愛生を馬鹿にされるのは許しがたい。

「ごめんなさい。日本人の女ってみんな〝可愛く〟見えちゃうのよ。でも実際、私の方が抱き心地いいと思うわよ」

「ミランダ、職場で変な話はやめてくれ。それに俺は家族を裏切る軽薄な男じゃない」

「ノリが悪いわね。ここにいる間だけじゃない。まずは身体の相性を試してみましょうよ」

ふざけた口調でからかってくる彼女を無視した。どうせ、新しく気に入った男が来ればそちらに流れるのだ。放っておいていい。

しかし、ここで適当にあしらったことが後々事件に発展することになるのだった。

伊織が生後三ヶ月を迎えた夏、愛生がアルゼンチンへ行きたいと相談してきた。

まず嬉しかった。愛生が俺に会いたいと思ってくれているのだ。

しかしそう言われたときに断る覚悟も決めていた。

渡航してみて、この国の治安については実感した。新生児を抱いた若い日本人女性が暮らしやすい国ではない。同僚にも免疫が弱い赤ん坊を連れて移住は勧めないと言われている。

日本にいてほしい。家族や頼れる友人のいる日本にいてくれた方が、俺が安心だ。いずれ日本には戻れるのだから、それまで俺が寂しさを我慢すればいいだけなのだ。愛生はわかってくれた。やはり彼女は聡明で、周りが見えている女性だ。ただ彼女の口調の寂しさも理解しているつもりであり、そんな彼女に熱い気持ちを感じるのも抑えられない。

年末に会いにいく約束をし、俺自身もそれを励みにした。

しかし、その後もタイミング悪く、俺の一時帰国は叶わなかった。国際的な問題が絡むと俺や上長の一存でどうにかなるものではない。

正直にいえば、そろそろ俺が限界だった。愛生に会いたい。可愛い息子に会いたい。どうして俺は大事な家族にこれほど長い間会えないでいるのだろう。

愛生は元気だろうか。ふたりの誕生日や結婚記念日、クリスマスなどにプレゼントは贈っている。

彼女からも誕生日プレゼントや時折日本の食品などが届く。しかし、彼女にはもう一年会えていない。

会いたい。キスをしたい。めちゃくちゃに抱きたい。

自分がこれほど恋愛体質だとは思わなかった。淡白で情熱のない男だと思っていた。それなのに、愛生と出会ってすべてが変わってしまった。愛しい愛生。

俺たちの宝物をひとりで育てている愛生に早く会いたい。

夏頃には帰国が叶いそうであると言われたが、その頃には伊織は一歳を迎えている。

伊織は初めて会う俺を父とわかってくれるだろうか。

一歳の誕生祝いに何を贈ったらいいかもわからなかった。愛生に聞けば遠慮してたいしたものはねだらないだろう。だから、自分で選定しなければいけなかった。

しかし、一緒に暮らしていればわかることが俺にはわからない。それがすごく不甲斐なかった。

ちょっとした事件が起こったのは伊織の誕生日の少し後だった。

議員のディアス氏のホームパーティーに大使館職員が呼ばれたのだ。代表して三名が訪問し、その中に俺もいた。ホームパーティーといってもブエノスアイレスでトップクラスの資産家の邸宅で行われるのだから、一般的なパーティーと相違ない。

彼の娘のミランダとは関係なく、ディアス氏には世話になっていたし、個人的に彼には気に入られていた。この日も彼は上機嫌で、かなりの量のテキーラに付き合ったのを覚えている。

パーティーの後も引き止められ、邸宅のサロンに招かれ酒を飲んだ。他にもディアス氏のお気に入りの招待客がいたが、俺の隣には途中からべったりミランダがいた。ミランダはしきりに俺への好意を口にし、父親にもそう伝えていた。その都度俺は妻子がいるので困ると答えたし、最後はディアス氏がミランダに「彼にしつこくするな」と叱りつけたのだ。

しかし、俺もディアス氏もかなり酒が回っていたのは間違いなく、このあたりの記憶が曖昧である。

車を呼んでもらい、借りているマンションまで帰り着いたのは覚えている。そのまま泥のように眠り、翌朝二日酔いの頭で起き出した。

スマホを見て驚いた。俺は酔って愛生に写真を送っている。まったく覚えていないが、送った形跡がある。

しかもその写真はミランダの自撮りだ。ミランダが俺に寄り添って写真を撮っている。俺の顔は写っていないがシャツや肩のラインで愛生なら俺だとわかるだろう。

ミランダの悪意あるいたずらだ。昨晩、伊織の写真をディアス氏に見せた後、スマホを近くに置きっぱなしにした瞬間があった。酔った俺にパスを聞いたか、顔認証をさせたか知らないが彼女はロックを開け、俺とツーショットを撮った。そして愛生に送りつけた。

愛生のアイコンは彼女と伊織の写真だ。俺がデスクに飾っている写真と同日に撮られたものだから、ミランダにはわかったのだろう。

血の気が引いた。ミランダは俺の態度にずっと不満があった。そして、父親に怒られたことに恨みがあった。だからこんな仕返しをしたに違いない。

すぐに写真は消したが、愛生の既読はついていた。その上で返信がないのが恐ろしい。必死に弁明するのはあまりにも悪手に思われた。逆に怪しく見えるのではないか。

正直に事実のみを話そうと決め、その通りにメッセージを打った。

ミランダの好意は断り続けてきたが、まさかこんなことになるとは。

愛生からは「そうですか」とひと言だけ返信が来た。これは怒っているのだろうか。

気にしていないのだろうか。

駄目だ、女心がわからなすぎる。

とにかくあとふた月ちょっとで一時帰国できる。愛生に実際会えばすべて解決するに違いない。

そう思っていた俺は安易すぎたのだ。


八月がやってきた。久しぶりの日本、やっと会えた愛しい息子、最愛の妻。そんな最高の幸せは妻からの離婚の言葉で一瞬にして吹き飛んだ。

まず思ったのは「抱いてしまった」ということだ。

愛生に会えて嬉しくてふたりきりになった瞬間がっついてしまった。愛生が思い詰めていたことすら気づかずに……。

次に、この申し出を簡単に受け入れるわけにはいかないと決意に似た感情が湧き起こってくる。俺は愛生を愛しているのだ。伊織の父親でいたいのだ。

内心泣きそうな気持ちになりながら、俺は精一杯冷静に離婚を拒否した。愛生が俺に愛想を尽かしたとしても、俺は諦められない。愛生は俺を愛してくれた過去がある。それならば、絶対に心を取り戻そう。そのためならどんな努力もできる。

あと四ヶ月だ。次に日本に帰ってきたら、もう愛生と伊織と離れない。ふたりの家族としてずっと傍にいよう。

俺は強く誓ったのだった。

＊＊＊

あれから二年弱の月日が流れた。

伊織は三歳になり、第二子の紬も生まれた。

愛生は俺の隣にいてくれる。飾らない気持ちを伝え合い、再び心を繋げ合えた彼女は、最愛の妻としてこれからもともに歩んでくれるだろう。

横の座席を見ると、伊織は健やかな寝息を立てていた。

日帰り旅行の帰り道、伊織は新幹線に乗るなり眠ってしまった。行きの新幹線ではあれほどはしゃいでいたのに、疲れすぎて帰りの新幹線は堪能する暇がなかった。

熱海では海岸を走り回り、昼食の海鮮丼もたくさん食べた。ロープウェーや遊覧船にも乗り、一日満喫できたようだ。

俺はくたびれて眠る伊織を身体にもたせかけながら、車窓を眺めて物思いに耽《ふけ》る時間ができたというわけだ。

愛生と出会い、恋をして、紆余曲折《うよきょくせつ》を経て今がある。ひとりだったら見られなかった景色は、俺の心を潤し支えてくれている。結婚をしてよかった。勝手だが、愛生はやはり俺にとって運命の女性だったのではないかと感じる。

車内アナウンスが品川駅へ間もなく到着すると告げた。

「伊織、起きなさい」

お腹をとんとんとつつくと、伊織が顔をぐしゃっとゆがめた。ぎくりとする。これはよくない兆候、不機嫌な寝起きのパターンだ。

そう思った瞬間、伊織が身をよじって叫んだ。

「やだー、ねむいー！」

車内に響く声で怒鳴り、伊織がぐずりだした。俺は急いで伊織を抱き上げ、席を立つ。もう一、二分で到着なのでデッキに移動しよう。いまだに寝ぼけて泣くことがある伊織は、今日ははしゃぎすぎた反動かまだ眠くて身体がだるいのか、腕を振り回し身体を反り返らせ暴れ泣きの状態だ。

新幹線が到着し、ドアが開くなり泣きじゃくる伊織を抱えてホームに出た。抱えたまま改札を抜けると、そこには紬をベビーカーに乗せ、愛生が待っていた。

「蒼梧さん、伊織、おかえりなさい。あら、伊織、怒りんぼしてるのね」

伊織は俺の腕をふりほどこうと暴れ、愛生の腕の中に飛び込んだ。

「愛生、ただいま。迎えにきてくれたのか」

「伊織、疲れるとぐずるでしょう。もしかしたらと思って」

「さすがの判断だよ。助かった」

俺は愛生の代わりに紬のベビーカーを押す係になる。伊織は愛生の腕の中でまだふにゃふにゃ言っているが、少し落ち着いたようだ。

「楽しかったですか？」

「ああ、伊織が元気いっぱいに走り回るのを見られたし、新幹線にも乗せてあげられた。ぐずぐず泣きはこの数分だけだよ。きみは少し休めたかい？」

「おかげ様で、紬とたくさんお昼寝ができました」

紬は目を開けているが、騒がずにいい子にしていた。丸い目がきょろきょろと動き、家族と暮れかけた空を眺めている。

俺も同じ空を見上げ、それから愛生を見た。

「次は家族四人で旅行しようか」

愛生がにっこりと微笑んだ。

「いいですね。泊まりがけで行きましょう。まずはお義父さんとお義母さんのいる熊本はどうですか？」

「伊織、飛行機に乗りたいとも言っていたしなあ」

未来の楽しい話をしながら、俺たちは家路を急ぐ。この先もずっと、愛するきみと子どもたちといたい。

〈了〉

番外編　時は過ぎて

私たちが離婚騒動を乗り越えて紬を授かってから少し時間が流れた。

伊織はこの春小学生になる。紬も四月に四歳、幼稚園に入園だ。

ものすごく長い時間だったようにも、あっという間だったようにも感じる。私も二月に三十歳になった。

伊織の通う小学校は地元の公立校で、紬が通うのは伊織が卒園する園だ。入学と入園が同時期に重なり、私は準備にてんてこ舞い。買いそろえた学用品ひとつひとつに『ともえいおり』『ともえつむぎ』と名前をつけ、伊織の手提げ袋と紬の園バッグを縫わなければならない。入学式と入園式の服を購入し、写真館の手配もする。

そして、実は我が家にはもうひとつの試練が迫っていた。

「貸してごらん。俺がやるよ」

子どもたちが寝静まった二十一時過ぎ、色鉛筆にちまちまとネームシールを貼っていると蒼梧さんが声をかけてくれた。子どもたちを部屋に送って本を読んで寝かしつけてくれたばかりだ。

「小さくて蒼梧さんの大きな手じゃやりづらいでしょう。私がやるから、蒼梧さんはこっちをお願いしたいな」

幼稚園から事前に渡されている提出書類を受け取り、蒼梧さんは頷く。

「わかった。小学校からはこういう書類は来ていないのか？」

「入学式の後に保護者会があって、そこで渡されるみたい」

「なるほど。新年度に提出書類が多くて大変なのはどこも一緒だな」

「そうね。最初の一ヶ月は私もいっぱいいっぱいになりそう。蒼梧さんの旅立ちが五月でよかったわ」

見上げて微笑むと、蒼梧さんが私の頭を撫でた。

「毎週金曜の夜には必ず帰ってくる」

「無理しなくていいのよ」

「そんなに遠くもないさ」

五月から蒼梧さんは中部地方の県警に出向となる。おそらく期間は三年ほどになるだろう。

単身赴任をさせたくないと思ったものの、伊織の通う予定の学校には幼稚園からの友達がたくさんいる。彼らとお別れさせて、知らない土地の小学校で新一年生にさせるのはためらわれた。私のそんな気持ちを察していたようで、単身赴任をすると宣言したのは蒼梧さんだった。

『新幹線で一時間ちょっとの距離だし、週末は必ず帰るよ』

『アルゼンチンのときのように滅多《めった》に帰れないわけじゃない』

『伊織と紬にとって慣れた家と土地で暮らしてほしい』

蒼梧さんは心の底から私と子どもたちを気遣ってくれていた。アルゼンチンに赴任したときもそうだったのだろうけれど、当時の私たちまだ新米夫婦で思いやりもその奥の本音も言葉にしづらかった。

今は彼が本当は家族と離れたくないと思っていることもよく理解できるし、私も同じ気持ちだからこそ見送ろうと思える。

蒼梧さんはあっという間に書類を書き終わり、紬の方のクレヨンにネームシールを貼りだした。

「毎日、愛生たちの顔を見られないのだけがつらいよ」

「早く帰れた日はテレビ電話を繋ぎましょ。子どもたちも喜ぶから」

「抱きしめられないのがなあ。愛生が足りなくて倒れてしまうかもしれない」

ふうとため息をつく蒼梧さんに、思わず私は笑ってしまう。

蒼梧さんは当初、自宅から新幹線通勤も検討していたようだ。しかし、有事の際に緊急参集できないのでは困る。必然、現地に居を構える必要があった。

「寂しくなったらすぐに私たちが会いにいくから大丈夫よ」

頭をよしよしと撫でると、蒼梧さんが手を止めて私を抱きしめてきた。作業は中断だけど、私も嬉しいのでされるままになっておく。

「傍を離れないでいられたらどれだけいいだろうな」

「そうね。私も蒼梧さんと毎日一緒にいたい」

だけど、彼の仕事と子どもたちの生活を考えたら今回の選択は間違いではないのだ。

「蒼梧さんが頑張っている間、私も子どもたちも頑張るね」


入学式と入園式は一週間違いだった。伊織の入学式に合わせて家族四人で写真を撮ることにして、そろって入学式に参加した。

入学式はあっという間に終わり、子どもたちが学校生活の説明を受けている間に、親は保護者会で書類配布や役員選出を終えた。

「ママ、こっちの看板の前で撮ってよー」

式典用のジャケットとハーフパンツに身を包んだ伊織は真新しいランドセルを背負

って得意げだ。入学式後なのに、疲れている様子もない。校庭や門の前でポーズを決めるので、私はスマホ片手に伊織の後について回った。

自分には関係のない式典に参加した紬はすっかり飽きている。元気いっぱいの兄を尻目に蒼梧さんに「パパ、もう帰ろぉ」と腕を引っ張っている。

「紬、ごめんね。これから写真館に移動だよ」

「疲れちゃったよ、ママぁ」

「終わったらケーキ食べよ。お祝いに注文してあるから」

「もう帰ってケーキ食べたぁい」

ごねて座り込みそうになる紬を蒼梧さんがひょいと抱き上げた。

「お姫様、もう少し頑張ってもらえますか？　パパが抱っこで運びますので」

すると紬はもうにっこり笑って、蒼梧さんのおでこに自分のおでこをコツンとぶつける。

「パパが運んでくれるならいいよ」

紬はパパが大好きなのだ。マイペースな伊織は「え、もう写真終わり？」と妹の不機嫌に気づいていない。

蒼梧さんが単身赴任してしまったら、私ひとりでこの子たちふたりの面倒を見なければならない。これからもっと自我が芽生えてきて、大変なことも増えそう……。

いや、今まで数年間、蒼梧さんはずっと私たちから離れずにいてくれた。

彼がアルゼンチンに行っているときはなかばムキになってひとりで妊娠期間と育児期間を過ごしてきたけれど、今度は蒼梧さんに安心してもらえるように私が家庭を守っていこう。


五月の大型連休に蒼梧さんは引っ越していった。私たちも旅行を兼ねて現地へ。蒼梧さんのマンションはファミリー向けではないので、近くのホテルに滞在し、動物園や観光名所を回った。

蒼梧さんを置いて東京に戻ってきたときはなんとなく私も子どもたちもしんみりしてしまった。

「さあ、伊織は連休の宿題終わらせちゃおうね。紬は明日の園バッグの準備できるかな？」

元気よく声をかけてみたけれど、ふたりはしんと黙っている。やがて、紬がくすんくすんと泣き出した。

「パパに会いたいよぉ」

伊織は妹につられまいと一生懸命唇をかみしめている。伊織だってパパが大好きだ。本当は同じように泣きたいに違いない。私はふたりを抱きしめて、その背中を撫でた。

「三人で楽しく過ごそう。学校と幼稚園、ママはおうちのこと。そうやって過ごしていたら、一週間なんかあっという間だよ」

子どもたちに言いながら、まるで自分に言い聞かせているみたいだった。私だって寂しい。だけど、私が寂しがっていたら、子どもたちがもっと不安になってしまう。

「パパに会ったときに、一週間楽しく頑張ったって報告できるようにしようね」


こうして、三人の生活は始まった。

毎朝、伊織を送り出して、紬を幼稚園に送っていく。家事を済ませるともう紬のお迎えの時間。そして、伊織も給食を食べたら帰ってくる。新一年生は帰宅が早いのだ。

午後は三人で買い物に出かけたり、公園に行ったり。週に一度はふたりともスイミングスクールだ。

夜は蒼梧さんとしょっちゅうテレビ電話をするけれど、彼だって毎日早く帰れるわけではない。今日も子どもたちが起きている時間には帰宅できなかった。

子どもたちが眠ってしまうと、ひとり居間で寂しさを感じた。

もう少しすれば紬の保育時間は長くなるし、伊織が学校にいる時間も長くなるのだろう。そうなったら、余計にひとりの時間を持て余しそう。忙しくしていれば気もまぎれるけれど、ふとこんな瞬間に蒼梧さんの不在を切なく思ってしまう。

駄目駄目、私は自立したひとりの人間。いつまでも蒼梧さんに甘えていては駄目。だけど寂しい気持ちはどんどん広がって心に穴が空いてしまいそうになる。蒼梧さんはもう帰宅しているだろうか。電話してしまおうかな。

迷っていると、居間のドアが開いた。

「伊織」

そこには目をこすっている伊織の姿。のろのろと居間に入ってくる。

「どうした？　眠れない？」

寝ぼけているように見える伊織は私の膝によじ登って座った。ずっしりと重いが、まだしょっちゅう抱っこをせがんでくる甘えん坊だ。甘えたくなることがあったのかもしれない。

「怖い夢でも見たのかな？」

「なんかね、ママが寂しそうにしてたから心配になっちゃった」

ドキリとした。

「ママ、寂しそうだった？」

こくりと頷く伊織は背中を向けているので顔は見えない。

見抜かれていたという母親としての情けなさと同時に、愛息子の優しい感情に胸が熱くなった。

「ママ、いつも僕と紬に大丈夫だよって言ってくれてありがとう。寂しくないよって言ってくれてありがとう」

「伊織」

「だから、ママには僕が言うね。ママ、僕と紬がいるから寂しくないよ。パパが帰ってくるまで頑張ろうね」

もう我慢できなかった。涙があふれ、頬を伝う。

伊織が私の膝の上でぐるんと体勢を変える。向き直る格好になりぎゅっと抱きついてきた。

「ごめんね、伊織。ありがとう」

「僕もパパに会いたいから、ママの気持ちわかるんだ」

そう言って、伊織は顔をこすりつけて涙を私の服で拭っていた。

まだまだ小さな子どもだと思っていた伊織が、気づけば私を支えてくれる存在になっていた。そして、この子の思いやりはきっと蒼梧さんから継いだ部分なのだ。家族を守ろうとしてくれる小さな身体を、私もきつく抱きしめ返した。

「そんなことがあったのか」

金曜の夜、二十二時の新幹線で蒼梧さんは帰宅してきた。

子どもたちは頑張って起きていたけれど、蒼梧さんの顔を見るなり眠気が限界になったようで、寝室に送るとあっという間に寝てしまった。

私はふたり分のほうじ茶を淹れながら、先日の伊織の話をしたのだ。蒼梧さんは伊織の言動に感銘を受けたようで、なんとも嬉しそうな顔をしている。

「伊織、すごく格好良かったの。蒼梧さんみたいだったよ」

「俺は何も教えてないから、愛生が優しいいい子に育ててくれていることに感謝だね」

蒼梧さんは椅子から立ち上がり、私に歩み寄る。

顔にかかった髪を大きな手がのけ、それから頬を包む。

蒼梧さんの瞳に私が映っているのが見えた。

「きみの傍から離れないと誓っておいてすまない」

「ううん、あなたのお仕事上、避けられないことだってわかってる」

だからこそ、伝えていいのだ。私の気持ちは彼にとって負担にはならない。

目を細めて、蒼梧さんを愛しく見つめた。

「本当は、毎日すごく寂しいの。理解していてもね。だから、強がっているのを伊織に見抜かれちゃったみたいで焦っちゃったんだ」

「きみはしっかり者だから、俺も大丈夫だと過信してしまう。伊織が気づいてくれてよかったよ」

そっと私の唇にキスが落ちてくる。甘くて優しい蒼梧さんのキスに安心する。

「週末はたっぷり甘えさせてね」

「もちろんだ」

蒼梧さんはそう言って、私を腕の中に閉じ込め、髪の毛に顔を埋めた。

「知っているだろうけれど、俺もきみに甘えたいんだ」

「蒼梧さん、嬉しい」

愛しい人の胸に頬を寄せ、束の間の幸せにひたる。

当分は週末婚の生活だけど、それだって一生じゃない。人生に変化は何度でも様々な形で訪れ、それについていけないうちは寂しさや不安を感じるのも自然なことなのだろう。だけど、それをものごとのすべてととらえてはいけない。

子どもたちは成長していくし、私も蒼梧さんもまた変わっていく。

そうだ。いつか保育士として働けるように、空いた時間に勉強をし直してみようかな。

きっと私の未来も、無限に広がっているのだ。

「明日の夕食のリクエストをしてもいい？」

「なあに？」

「肉じゃが。きみが結婚して最初に作ってくれたメニュー」

「覚えてくれていたの？」

これから起こるすべてのことを糧にして生きていこう。この愛しい人とともに。


〈了〉

あとがき

こんにちは、砂川雨路《すながわあめみち》です。『離婚予定のエリート警視正から、二年ぶりの熱情を注がれて陥落しそうです〜愛するきみを手放せるわけがない〜』をお読みいただきありがとうございます。

お見合いで結婚した年上の旦那様・蒼梧に心惹かれるヒロイン・愛生。愛生のお腹に新しい命が宿りますが、蒼梧は仕事で海外に旅立っていきます。離れ離れで暮らすうちふたりの心はすれ違い、愛生はとうとう離婚を決意。一時帰国した蒼梧に離婚宣言をしますが、蒼梧は強い執着を見せてきて……というお話です。

年上の蒼梧はまだ若い愛生に強い気持ちを見せられません。愛生は愛生で自分ばかりが蒼梧を好きなのだと思い込んでいます。遠慮し合う関係では互いの心は見えないままだと気づいたふたりが、正直な気持ちで歩み寄り、あらためて家族になっていく姿を描きました。

今回は愛生視点でお話が進むため、あの時蒼梧がどう思っていたかは、番外編にぎゅぎゅっと詰め込みました。その後の家族の成長も描けたので、ひと家族の数年間を見守った気分です。恋愛小説でありながら、家族小説なのかもしれないなと作者は思っています。楽しんでいただけたら幸いです。

最後に、本書を出版するにあたりお世話になった皆様に御礼申し上げます。

カバーイラストをご担当いただいた東由宇《あずまゆう》先生、ありがとうございました。蒼梧を渋めに！というリクエストに最高の形でお応えいただき眼福でした。愛生の無垢な雰囲気と息子・伊織のキュートさもぴったりです。

デザインをご担当いただいたデザイナー様、本作もありがとうございました。毎回、頼りにさせていただいています。

担当様、本当にありがとうございます。今後ともよろしくお願いします。

いつも応援してくださる読者様、ありがとうございます。最近は恋愛小説だけでなく、様々な小説や漫画原作を手掛けています。長年応援してくださる読者様が読みたくなるようなお話を生み出していけたらいいなと思っています。

それでは、次の作品でお会いできますように。

砂川雨路

m a r m a l a d e b u n k o

別れたはずが、S系エリート医師の
熱烈愛に赤ちゃんごと捕まって…！

ISBN 978-4-596-76953-4

溺甘パパな幼馴染みドクターは、婚約破棄を選んで秘密のママになった私を執着愛で逃がさない 砂川雨路

天涯孤独のちづるは、大病院の御曹司・大我に世話を焼かれつつ、身分の違いから恋心を隠してきた。しかしちづるの縁談を発端に、彼も抑えていた激愛を溢れさせ…!? 婚約し、妊娠も発覚して幸せの中、ある事情で大我と別れ姿を消すことに。ところが彼は執愛でちづるを捜し出し、「俺は諦めない。おまえを嫁にする」と熱情＆子どもへの愛を注いできて…！

甘くてほろ苦い。キュンとする恋♥　マーマレード文庫　定価 本体650円 + 税

ファンレターの宛先

マーマレード文庫をお買い上げいただきありがとうございます。
この作品を読んでのご意見・ご感想をお聞かせください。

宛先 〒100-0004 東京都千代田区大手町 1-5-1
大手町ファーストスクエア イーストタワー 19 階
株式会社ハーパーコリンズ・ジャパン マーマレード文庫編集部
砂川雨路先生

マーマレード文庫特製壁紙プレゼント!

読者アンケートにお答えいただいた方全員に、表紙イラストの
特製 PC 用・スマートフォン用壁紙をプレゼントします。

詳細はマーマレード文庫サイトをご覧ください!!

公式サイト

@marmaladebunko

SNS も チェック!

マーマレード文庫

離婚予定のエリート警視正から、二年ぶりの熱情を注がれて陥落しそうです
～愛するきみを手放せるわけがない～

2024年3月15日　第1刷発行　定価はカバーに表示してあります

著者　砂川雨路　©AMEMICHI SUNAGAWA 2024
発行人　鈴木幸辰
発行所　株式会社ハーパーコリンズ・ジャパン
東京都千代田区大手町1-5-1
電話　04-2951-2000（注文）
0570-008091（読者サービス係）
印刷・製本　中央精版印刷株式会社

Printed in Japan ©K.K. HarperCollins Japan 2024
ISBN-978-4-596-53913-7

m a r m a l a d e b u n k o